AF145123

Herstellung und Verlag:
BoD - Books on Demand GmbH, Norderstedt
ISBN 978-37322-9271-4

Silke Renken

...und plötzlich regnete es Seifen-Blasen vom Himmel...

Vorwort

Ich wünsche mir, dass Du, lieber Leser genauso viel Freude an den Abenteuern meiner kleinen Elisabeth und ihrer Freunde hast, wie ich. Schließe die Kleine in Dein Herz und Du wirst eine wunderbare Reise erleben. Eine Reise, auf der Du die Bekanntschaft mit vielen wunderbaren, einzigartigen Menschen, aber auch wunderbaren Wesen und außergewöhnlichen Kräften machen wirst. Am Ende dieser Reise wünsche ich Dir, lieber Leser, dass auch Du, genau wie ich, den Wunsch verspürst, etwas für die Menschen, für die Welt zu tun, um sie zu schützen und zu erhalten.

Lass Dich fallen und geh mit uns auf unsere große, wunderbare Reise.

Herzlichen Dank,

Silke Renken

Elsfleth, im Februar 2014

4

Inhalt

Elisabeth……………………………………………… ….5

Elisabeth und die alte Dame………………………………….9

Der erste Flug………………………………………………13

Der große, weise, alte Vogel………………………………15

Eine schwere Prüfung………………………………………16

Das Kind aus dem fernen Land…………………………….23

Das Meerschweinchen……………………………………31

Der Garten…………………………………………………38

Eine besondere Kraft………………………………………43

Im Regenbogenland………………………………………48

Krankheiten………………………………………………52

Religion und Krieg…………………………………………58

Im Schloß der alten Menschen……………………………………63

Besuch aus einer fremden Welt………………………………69

Ein Sturm fegt durch ein Land in der Ferne……………………77

Ein riesiges, trauriges Zeltlager…………………………………82

Arme Menschen und reiche Menschen, warum ist das so? ………91

Eine Krankheit ist ein Geschenk……………………………101

Menschen, die eine schwere Last tragen müssen……………112

Der Wert des Lebens………………………………………118

Heilige Männer in einem fernen Land………………………126

Elisabeth bekommt eine Omi…………………………………131

Mariechens große Reise in eine andere Welt…………………145

Elisabeth

Schaut zum Himmel…über den Wolken leben Engel, junge und alte Engel. Diese Engel sind die Verkörperung aller Seelen unserer lieben Verstorbenen. Die Seelen nehmen im Himmel dann die Gestalt eines Engels an, bevor sie manchmal mit einer wichtigen Aufgabe wieder auf die Erde geschickt werden. Die jungen Engel sind oft sehr verspielt, weil sie aus den Seelen unserer Kinder entstanden sind, die alten Engel sind sehr weise, weil sie sehr viele Erfahrungen aus ihrem langen Leben gewonnen haben. Eines Abends spielte ein kleiner Engel namens Elisabeth noch im Dunkeln über den Wolken. Elisabeth konnte nie genug bekommen. Wenn die alten Engel die Kinder ins Gottes-Haus riefen, wollte sie immer noch weiter spielen, bis die Sonne endgültig untergegangen war. Sie tobte und sprang gerne wild auf den Wolken herum. In der Nacht wollte Elisabeth nicht schlafen, genau wie ein kleines Kind. Sie staunte immer wieder die Sternschnuppen an und fragte eines Tages die weisen Engel, wo diese wohl ankommen. Ein besonders freundlicher, weiser Engel erklärte ihr, auf den Sternschnuppen werden die Engel zur Erde gesandt, die eine wichtige Aufgabe zu übernehmen hätten. Ei, da hatte er etwas gesagt, nun war Elisabeth richtig neugierig geworden. Sie wollte auch auf die Erde, weil sie so gerne mit den Kindern spielen wollte. In der Nacht legte sie sich auf die Lauer und beobachtete, wie kluge Engel zu den Sternschnuppen gingen und mit ihren großen Aufgaben abreisten. Manchmal nahmen die Engel dann auf der Erde die Gestalt eines Menschen, aber auch die Gestalt eines Tieres an. Ganz besondere Engel behielten auch ihre Engels-Gestalt und erschienen den Menschen, die ihre Hilfe am nötigsten brauchten. Elisabeth wollte die Gestalt eines Kindes annehmen, damit sie mit den anderen Kindern spielen konnte. Sie machte sich schnell unsichtbar, so dass die anderen Engel sie nicht bemerkten und sprang auf eine kleine Sternschnuppe. Plumps, so schnell war Elisabeth auf der Erde angekommen, sie war noch sehr überrascht, rieb sich ihre kleinen Äuglein und versuchte, sich umzusehen. Sie konnte aber nichts erkennen, weil es auf der Erde in der Nacht dunkel ist. Nirgendwo spielten Kinder, weit und breit waren keine Menschen zu sehen. So weinte sie sich traurig in den Schlaf. Als am Morgen die ersten Sonnenstrahlen das kleine Näschen kitzelten, nieste sie und wurde wach. Sie hörte Vögel zwitschern. „Wo bin ich? Bin ich jetzt auf der Erde?" wollte sie von einer Amsel wissen. „Du bist auf der Erde. Hast Du Hunger? Ich füttere jetzt meine Kinder, möchtest Du auch etwas frühstücken?" fragte die besorgte Amsel. „Ja", freute sich unsere kleine Elisabeth. Die Amsel hielt ihr einen Regenwurm hin. „Iiiiiiiiiiiiiiih, so etwas kann ich doch nicht essen!" Sie erklärte der freundlichen Amsel, dass sie ein Engel sei und nun auf der Erde bleiben wollte, um mit den Kindern zu spielen. „Du kannst mit meinen Kindern spielen", antwortete die Amsel. Nein, das wollte Elisabeth nicht. Sie machte sich nun mit hungrigem Magen auf die Suche nach Kindern. Auf dem Weg ins Dorf kam sie an einer Bäckerei vorbei, aus der es wirklich lecker duftete. Schnell machte Elisabeth sich unsichtbar, sie hatte Angst. Ein kleines Kind, so früh morgens allein unterwegs, da hätte die freundliche Verkäuferin sicher Verdacht geschöpft. Die unsichtbare Elisabeth huschte hinter den Tresen und nahm sich schnell ein Brötchen. Das sah vielleicht lustig aus, als die unsichtbare Elisabeth mit dem Brötchen in der Hand den Laden verließ. Die Bäckersfrau sah nur ein Brötchen durch die Luft davon schweben und traute ihren Augen nicht. Nachdem Elisabeth das Brötchen gegessen hatte, bekam sie ein schlechtes Gewissen. „Ich bin doch ein Engel, ich darf nicht stehlen, oder Böses tun", überlegte sie. „Ich muss das jetzt wieder gut machen und eine gute Tat tun". Sie machte sich also fix wieder unsichtbar und kehrte zur Bäckerei zurück. Für eine Weile wartete sie im Laden und beobachtete die Bäckersfrau, diese sah sehr müde und traurig aus. In der Nacht hatte sie wenig geschlafen und wie jede Nacht viel geweint, weil ihre süße, kleine Tochter vor einiger Zeit nachts am plötzlichen Kindstod gestorben war. Sie hatte zwar wie in einem tiefen Schlaf in ihrem Bettchen gelegen, aber ihre Seele war schon in eine andere Welt gezogen. Immer wieder überlegte sie, wie ihr kleines Mädchen, wohl jetzt aussehen würde. Sie fragte sich, ob die Seele ihrer kleinen Tochter nun im Himmel sei, denn das die Seele irgendwo weiterlebte, davon war sie überzeugt. Mitten in ihren traurigen Gedanken versunken hörte die Bäckersfrau eine zarte Kinderstimme, die fragte: „Warum bist Du so traurig?" Die arme Frau glaubte, ihren Ohren nicht zu trauen, woher kam diese Stimme. Es war doch außer ihr niemand im Laden. „Ach, sicher bin ich einfach übermüdet", überlegte sie und hoffte, in der folgenden Nacht einmal besser schlafen zu können. „Warum bist Du so traurig?" Wieder hörte sie die zarte Stimme. Sie sah sich um, aber es war wirklich niemand im Laden. Elisabeth begann, sich Sorgen zu machen. Schließlich wollte sie doch eine gute Tat tun, und nicht die arme Frau auch noch erschrecken. „Ich bin kein guter Engel", nun begann sie zu weinen. Jetzt hörte die Bäckersfrau auch noch das Weinen und fühlte, dass sie nicht allein im Laden war. Wenn Engel weinen, können sie aber nicht unsichtbar bleiben, das ist ein großes Himmelsgesetz. So wurde Elisabeth sichtbar und die Bäckersfrau sah ein kleines niedliches Mädchen, das in der Ecke saß und erbärmlich vor sich hin weinte. „Warum weinst Du denn so?", wollte sie wissen. Elisabeth erzählte ihr dann unter Tränen, wie sie heimlich mit der Sternschnuppe aus dem Himmel gekommen war, um eigentlich mit den Kindern zu spielen. Stattdessen wusste sie nicht, wo sie jetzt sei, hatte großen Hunger…auch Engel haben Hunger…und zurück in den Himmel konnte sie ja nun auch nicht mehr, Kinder hatte sie immer noch nicht gefunden und mit den guten Taten hatte es auch nicht geklappt. Nachdem sich die Bäckersfrau von ihrer Überraschung erholt hatte, verstand sie die ganze Situation. „Na, das ist ja eine Geschichte", sagte sie und nahm Elisabeth nun ganz fest in den Arm. Sie hatte verstanden, dass die Seele ihrer kleinen Tochter sich in einen kleinen Engel namens Elisabeth verwandelt hatte und nun zu ihr zurückgekehrt war. Überglücklich umarmte sie Elisabeth, die das alles noch nicht begriffen hatte. Weil ihr etwas mulmig geworden war, wollte sie sich wieder unsichtbar machen. Das funktionierte aber nicht mehr, auch ihre zarten kleinen Engelsflügel waren plötzlich verschwunden. Elisabeth hatte der Bäckersfrau durch ihre Erscheinung eine so große Freude gemacht, dass sie von den weisen Engeln des Himmels wieder zurück in eine Kinder-gestalt verwandelt wurde. So hatte es nun doch noch mit der guten Tat geklappt, Elisabeth war nun wieder ein ganz normales, kleines, neugieriges Mädchen. Die Bäckersleute adoptierten sie und die drei lebten als kleine glückliche Familie zusammen. Jeden Tag spielt Elisabeth nun mit den Kindern in der Nachbarschaft, so wie sie es sich schon im Himmel gewünscht hatte. In der Nacht sieht sie manchmal eine Sternschnuppe, dann dankt sie den alten Engeln, die sie mit ihrer Weisheit dann doch nach Hause zu ihrer Familie geführt haben.

Elisabeth und die alte Dame

An einem schönen, sonnigen Tag spielte Elisabeth im Garten. Sie hatte von ihrer Mutter ein Seifen-Blasen-Set bekommen und damit zauberte sie wunderschöne, schillernde Seifenblasen. Im Sonnenlicht zeigten die Blasen die verschiedensten Farben. Elisabeth hatte so einen riesigen Spaß am Spiel, dass sie gar nicht bemerkt hatte, wie der Wind die bunten Seifenblasen aus dem Garten über die Straße trug. Auf der gegenüberliegenden Straßenseite saß auf einer Bank eine alte Dame, die Elisabeth schon eine Weile beim Spielen zugeguckt hatte. Nun trafen die ersten Seifenblasen die alte Dame ins Gesicht und zerplatzten. Das hatte Elisabeth bemerkt, schnell schaute sie nach links und nach rechts, als die Straße frei war, lief sie fix rüber. „Entschuldigung", sagte sie. „Das wollte ich nicht, aber ich hatte Sie gar nicht gesehen". Schuldbewusst schaute sie nach unten auf ihre kleinen rosa Sandalen. Freundlich sagte die alte Dame: „Ach, mein Kind, das macht doch nichts. Darf ich es auch einmal versuchen? So etwas Feines gab es noch nicht, als ich ein Kind war". Elisabeth war ein wenig verwundert, aber sie ließ die alte Dame versuchen. Beide hatten einen riesigen Spaß mit den bunten Blasen. Zu schön war es, zu sehen, wie die Blasen in der Sonne schimmerten, alle möglichen bunten Farben zeigten und dann irgendwann zerplatzten. „Ja, mein Kind, wie heißt Du denn", wollte die alte Dame wissen. „Ich heiße Elisabeth und wohne dort in dem Haus auf der anderen Straßenseite. Ich bin jetzt fast sechs Jahre alt", gab Elisabeth stolz zur Antwort. „Und wie hießt Du", fragte sie, nun doch ganz neugierig geworden. „Ich heiße Maria, Du darfst mich aber gerne Mariechen nennen, so wie es alle tun." „Sag mal, wie alt bist Du denn", wollte Elisabeth wissen. „Ooh, ich bin schon sehr alt, ich bin neunundneunzig Jahre alt, in ein paar Tagen habe ich Geburtstag, dann werde ich Hundert Jahre". Elisabeth überlegte, Einhundert, das war ganz schön viel, das wusste sie aus dem Kindergarten. Dort hatte sie schon ein bisschen zählen gelernt, aber bis hundert schaffte sie noch nicht. So eine alte Dame hatte sie noch nie gesehen, sie hatte auch noch nie einen Menschen kennen gelernt, der so alt war. „Aber…wenn Du schon so alt bist, warum spielst Du dann mit mir mit den Seifenblasen? Das ist doch nur etwas für Kinder", Elisabeth war verwirrt, fragend schaute sie die alte Dame an. „Nein, mein Kind. Ich spiele für mein Leben gerne, auch wenn ich schon sehr alt bin. Nur finde ich kaum jemanden, der mit mir spielt und Zeit mit mir verbringen möchte. Meine Kinder sind alle schon erwachsen und müssen viel arbeiten, die Enkelkinder wohnen sehr weit weg. Auch die sind schon erwachsen und gehen zur Arbeit oder zur Universität. Die meisten meiner Freundinnen sind schon gestorben, das macht mich traurig, weil ich sehr oft allein bin. Dann gehe ich spazieren, aber ich komme nicht mehr sehr weit, meine Beine sind schon alt und müde. Ich setze mich dann immer auf eine Bank und schaue den Kindern beim Spielen zu. Das ist die einzige Freude, die ich noch habe". Elisabeth war ein bisschen traurig geworden. „Wollen wir noch mal mit den Seifenblasen spielen", fragte sie. Schon zogen viele bunte, schillernde Seifenblasen durch die Luft. Sie wurden vom Wind weit getragen, einige schafften es sogar sehr hoch, fast bis in den Himmel hinein. Mariechen lächelte zufrieden vor sich hin, beide hatten einen schönen Nachmittag. „Oh, es ist schon spät geworden, Du solltest jetzt besser nach Hause gehen. Deine Mutter wird schon mit dem Abendbrot auf Dich warten. Aber, wenn Du magst, werde ich morgen Nachmittag wieder hier auf Dich warten. Dann werde ich Dir eine Geschichte erzählen, was hältst Du davon"? Ei, das war eine Freude, Elisabeth schaute schnell noch mal nach links und rechts, bevor sie über die Straße nach Hause eilte. „Bis morgen, Mariechen", rief sie und winkte schnell noch einmal. Dann war sie im Haus verschwunden. Mariechen saß noch eine Weile auf der Bank. Die Sonne begann unterzugehen, sie wurde ein wenig traurig. So ein kleiner Wirbelwind wie Elisabeth war sie früher auch gewesen. Sie hatte ein schweres Los zu tragen gehabt. Ihr Mann, den sie sehr geliebt hatte, war schon sehr jung im Krieg gefallen, sie selbst musste mit ihren Söhnen und ihrer kleinen Tochter die Heimat verlassen und in ein fremdes Land flüchten. Auf der Flucht war plötzlich ihre süße Kleine, die ja noch ein Baby gewesen war, verschwunden. Eines Tages war das kleine Baby plötzlich weg gewesen. Keiner hatte etwas gesehen oder etwas bemerkt. So musste sie allein mit ihren Söhnen weiter ziehen. Niemals hatte es wieder ein Lebenszeichen von der Kleinen gegeben. Jahrelang hatten sie später beim Roten Kreuz und anderen Organisationen Anfragen gestellt, immer ohne Ergebnis. Die Kleine blieb spurlos verschwunden. So waren sie ohne die Kleine in einem fremden Land angekommen, das nun ihre neue Heimat werden sollte. Glücklicherweise hatte sie schnell eine Arbeit als Servierin in einem Ausflugslokal gefunden und war wegen ihres ruhigen, freundlichen Wesens gern gesehen. Immer hatte sie den Kindern eine Kugel Eis extra gegeben, die Studenten bekamen eine extragroße Portion Mittagessen, wenn sie einkehrten. Ja, so hatte sie vielen Menschen eine kleine Freude gemacht. Sie hatte ihr Leben lang immer schwer arbeiten müssen, um sich und ihre Söhne versorgen zu können, aber sie hatte sich ihr gutes, reines Herz bewahrt. Ihre alte Heimat hatte sie nie wiedersehen können, jetzt wünschte sie sich nur noch, endlich sterben zu können. Aber irgendetwas war da noch, irgendetwas fehlte noch, um ihr Leben beruhigt abschließen zu können. Das fühlte sie, sie wusste, Gott hätte sie schon lange sterben lassen, wenn sie nicht noch eine Aufgabe zu erfüllen hätte. An diesem Nachmittag mit der süßen, kleinen Elisabeth war ihr klargeworden, welche Aufgabe das sein würde. Sie musste mit der kleinen Elisabeth die Welt noch ein wenig verbessern, bevor sie diese nun verlassen konnte. Jeden Tag gab es im Fernsehen und im Radio schlechte Nachrichten von Kriegen, Morden, Natur-Katastrophen und vielen anderen Elend, dass Menschen kaum ertragen konnten. Endlich, als die Dämmerung schon eingetreten war, ging sie langsam, aber sehr zufrieden nach Hause. In der Nacht bekam Mariechen dann im Traum eine Botschaft. „Mariechen, dieses Kind. Das Kind Elisabeth, das bist Du! Du wirst in Elisabeth weiter leben, wenn Du ihr Dein großes Wissen und Deine große Liebe zu den Menschen erklärst. Elisabeth ist ein besonderes Kind, sie kommt vom Himmel"! Mariechen schreckte aus ihrem Traum auf, jetzt wusste sie es! Elisabeth war sie! Und erst, wenn sie ihre Aufgabe erfüllt hatte, nämlich die Welt zu verbessern, konnte sie endlich in eine andere Welt gehen. Dann würde Elisabeth ihre Aufgabe in dieser Welt weiter fortsetzen. Ja, so war es. Aber wie sollten sie es schaffen, diese traurige Welt zu verbessern? Lange dachte sie nach, dann endlich schlief sie wieder ein. Am nächsten Tag konnte Mariechen den Nachmittag kaum erwarten. Sie ging schnell zu der Bank und wartete auf Elisabeth. Das erste, was sie sah, waren die bunten Seifenblasen. Ei, wie freute sie sich. Endlich sah sie auch Elisabeth, die fröhlich rief „Hallo, Mariechen! Wie geht es Dir? Ich hab heute Nacht etwas sehr Schönes geträumt. Wir beide saßen in einer riesengroßen Seifenblase und flogen um die Welt". Das war die Lösung! Dass sie nicht selbst drauf gekommen war, sie konnten mit Elisabeths bunten Seifenblasen um die Welt fliegen. An jeden Ort, an dem sie gebraucht würden, konnten sie versuchen, etwas Gutes zu tun. Sie konnten versuchen, den Menschen dort zu erklären, was sie taten. Ja, so würde es funktionieren. „Elisabeth, das ist eine prima Idee. Wir üben heute noch einmal und morgen Nachmittag geht es dann los. Das wird ein großes Abenteuer für uns zwei. Ach ich freue mich so"! Glücklich schloss sie Elisabeth in die Arme. „Ja, können wir wirklich in einer Seifen-Blase um die Welt fliegen? Das glaube ich nicht. Dafür brauchen wir doch ein Flugzeug, das weiß ich genau", antwortete Elisabeth, die nun etwas verwirrt war. Aber spannend fand sie die Idee dann doch. Auch dieses Mal schaute sie wieder fix nach rechts und nach links, bevor sie über die Straße nach Hause ging. „Bis morgen", hörte Mariechen sie noch rufen, dann war sie verschwunden.

Der erste Flug

Am nächsten Nachmittag war es dann soweit. Elisabeth wartete auf Mariechen, sie war sehr aufgeregt. In der Nacht hatte sie geträumt, wie sie mit Mariechen in einer riesengroßen Seifenblase um die Welt flog, das war ein großes Abenteuer gewesen, aber sie wusste, das war ein Traum. Dass so etwas wirklich funktionieren sollte, konnte sie sich nicht vorstellen. Schon tauchte Mariechen auf, sie hatte noch ein kleines Mittagsschläfchen gehalten, um für die erste Reise in der Seifenblase auch gut ausgeruht zu sein. Sie freute sich, Elisabeth und die bunten Seifenblasen zu sehen. Es war ein etwas trüber Tag, die Sonne kam nicht hinter den Wolken hervor, aber in ihrem Herzen schien die Sonne vor lauter Vorfreude schon ganz hell. „Hallo, mein Kind" begrüßte sie Elisabeth. „Hallo Mariechen, ich habe heute Nacht davon geträumt, wie wir um die Welt fliegen". Elisabeth war nun wirklich sehr gespannt, „soll ich uns schon mal eine Blase pusten"? Sie konnte es kaum erwarten. „Ja, puste mal kräftig, damit wir eine richtig schöne große, bunte Seifenblase bekommen". Elisabeth holte tief Luft und bekam ganz dicke Wangen, schnell pustete sie die ganze Luft in die Seifenblase, aber sie hatten nicht bedacht, das sie schnell in die Seifenblase schlüpfen mussten, bevor diese vom Wind davon getragen wurde. „Oh", weg war die Blase und Mariechen und Elisabeth sahen ihr bedrückt hinterher. Nachdem die Blase fast bei den Wolken angekommen war und dann zerplatzte, wusste Mariechen Rat. „Wir müssen uns an den Händen halten und uns ganz fest umarmen, dann schlüpfen wir zusammen da hinein und fliegen mit". „Ja, so machen wir das, Mariechen. Du bist so klug". Schnell umarmten sie sich ganz innig und hielten sich an Elisabeths freier Hand. In der anderen Hand hatte Elisabeth das Röhrchen für die Seifenblasen. Noch einmal holte sie ganz tief Luft, atmete ein und aus, bis sie wieder rote Wangen bekommen hatte. Nun konnte es los gehen, Elisabeth und Mariechen waren bereit. Elisabeth pustete ganz fest in das Röhrchen und eine riesige, bunte Seifenblase entstand. Während die Seifenblase immer größer wurde, verschwanden die zwei darin. Sie konnten es nicht glauben, es hatte funktioniert. Einen kleinen Moment später schwebten sie in der Seifenblase in Richtung Himmel. „Es hat geklappt, wir fliegen"! „Ja, mein Kind, jetzt sind wir auf dem Weg. Du darfst nur nicht vergessen, Deine Seifenblasen immer mitzunehmen, wenn wir einen Flug machen, sonst kommen wir ja nicht wieder zurück. Vergiss das bitte nie"! „Alles klar, Mariechen. Das mache ich" versprach Elisabeth sofort. Mittlerweile waren sie schon sehr hoch geflogen und konnten die Erde von oben sehen. Das war ein wunderschöner Anblick. Grüne Wälder, blaue Flüsse und Seen, Berge, einfach wunderbar. Manchmal sahen sie auch Vögel an sich vorbei fliegen, die ungläubig guckten. Wer konnte denn noch fliegen außer sie? Das es Metall-Vögel gab, daran hatten sie sich ja schon gewöhnt, aber Seifen-Blasen-Vögel? Das war dann doch etwas Neues, etwas sehr Seltsames. Aber man wusste ja nie, was den Menschen so alles einfiel. Einige Vögel flogen eine Zeit lang neben ihnen her, bis sie dann doch wendeten. „Schau, Mariechen. Die Vögel sind alle weg geflogen, was hat das zu bedeuten"? Mariechen wusste es nicht. Sie flogen noch eine Weile weiter, bis es begann, zu regnen. Der Regen wurde immer stärker und schien nicht enden zu wollen. Mitten im Regen tauchte plötzlich ein sehr großer, alter Vogel neben ihnen auf.

Der große, weise, alte Vogel

Der große, alte Vogel war schon sehr alt, er hatte in den Jahren, in denen er um die Erde geflogen war, schon sehr viel gesehen. Er hatte gesehen, wie die Menschen begonnen hatten, die Erde zu zerstören. Sie hatten so viele Wunden in unsere schöne Mutter Erde geschlagen, weil sie meinten, Rohstoffe aus dem Boden fördern zu müssen. Sie hatten die Natur zerstört, um Straßen, große Städte und große Fabriken zu bauen. Flüsse hatten die Menschen begradigt und tiefer gegraben, damit immer größere Schiffe auf ihnen entlang fahren konnten. Sogar vor dem Himmel hatten die Menschen nicht Halt gemacht, immer mehr Flugzeuge flogen durch das Himmelszelt, um die Menschen von einem Ort zum anderen zu bringen. Das alles geschah, weil die Menschen in ihrer Gier um Macht und Geld keine Rücksicht nahmen. Sie dachten nicht nach, sie wollten nur Profit machen. Das wurde für unsere Mutter Erde immer zu einer Katastrophe. Die Menschen wollten die Erde und die Natur beherrschen und das ohne Rücksicht auf irgendwelche Verluste. All das hatte der alte, weise Vogel auf seinen vielen Flügen gesehen. Nun hatten die anderen Vögel ihm erzählt, dass zwei seltsame Menschen in einer Seifen-Blase herumflogen. Ein kleiner Mensch und ein sehr alter Mensch, da war er neugierig geworden und hatte gleich aufgehorcht. Er wusste, er musste diese Seifen-Blase sofort finden, denn Menschen, die in einer Seifenblase herumfliegen, waren etwas sehr Besonderes, diese Menschen konnten ihm helfen, diese traurige Welt zu verbessern und vielleicht sogar zu retten. Da war er sich ganz sicher. Also hatte er sich auf den Weg gemacht und es hatte nicht lange gedauert, bis er die bunte Seifen-Blase mit den zwei seltsamen Menschen vor sich fliegen sah. Eine Zeit lang blieb er hinter der bunten Seifen-Blase und beobachtete die zwei, dann war er sich sicher, hier war die Rettung, hier war er richtig. Sofort beschleunigte er seinen gemächlichen Flug ein wenig, bis er neben der Seifen-Blase flog. „Hallo, was seid Ihr zwei denn für ein seltsames Gespann? Wohin geht denn Euer Flug", wollte er wissen. Mariechen antwortete „Ich bin das Mariechen und das ist Elisabeth, meine kleine Freundin. Wir fliegen um die Welt und schauen, wo wir etwas in dieser Welt verbessern können." „Fliegt ein wenig mit mir, ich werde Euch den Weg zeigen", forderte der große, alte, weise Vogel die beiden auf. So flogen sie eine Zeit lang neben einander her, der Regen hatte nicht aufgehört, nein, er war sogar stärker geworden. Die schönen grünen Wiesen und die blauen Flüsse und Seen waren schon lange nicht mehr zu sehen gewesen. Die Welt erschien den dreien sehr grau.

Eine schwere Prüfung

Sie flogen weiter durch den Regen, glücklicherweise wurden Elisabeth und Mariechen nicht nass, sie waren gut geschützt in ihrer bunten Seifen-Blase und dem großen, weisen, alten Vogel machte der Regen auch nichts aus, er war das gewohnt von seinen vielen Flügen. Elisabeth sah es als erste, abgebrochene Bäume, tote Tiere, jede Menge Dreck und Schutt trieben im Wasser. Das Wasser war sehr grau und dreckig, es gab keinen blauen Fluss mehr. Einige Dächer ragten aus dem Wasser, aus der Ferne erkannten sie einen Kirchturm, der hoch aus dem Wasser hervor ragte. „Wir werden auf dem Dach der Kirche landen", schlug der große, weise, alte Vogel vor. So geschah es. Kaum waren sie sicher auf dem Kirchen-Dach gelandet, brach das Entsetzen aus Mariechen hervor. So etwas hatte sie in ihrem langen Leben noch nie gesehen. „Was ist hier geschehen", wollte sie wissen. Der große, weise, alte Vogel begann zu erklären. „Hier gab es lange Zeit eine kleine Stadt, eine Stadt, in der Menschen lebten und arbeiteten, Kinder spielten und in die Schulen gingen. Aber die Menschen, die hier lebten, wollten wie alle Menschen auf der Welt, immer mehr Geld verdienen, um ein besseres Leben zu haben. Sie vergaßen die Menschen und die Natur um sich herum. Sie haben viele Straßen und eine große Fabrik gebaut. Auf den Straßen gab es immer mehr Verkehr, dann haben sie sich entschieden, das kleine Flüsschen, das sich hier so fein durch die Stadt schlängelte, zu begradigen und zu vertiefen, damit auf ihm große Schiffe fahren können. Sie haben die Ufer des Flusses betoniert, damit auch dort mehr und mehr Fabriken gebaut werden konnten, die noch mehr Waren produzieren konnten. Damit verdienten sie immer mehr Geld, aber, wer viel Geld hat, möchte auch viel Geld ausgeben. Also benötigte das Städtchen einen Flughafen. Auch der wurde gebaut, die Menschen waren begeistert. Sie flogen nun in die Welt hinaus, schauten sich fremde Länder an und gaben dort ihr Geld aus. Nun, Ihr zwei müsst wissen, dass es im Himmel sehr viele Weise gibt. Diese Weisen beobachten das Treiben der Menschen auf der Erde. Sie hatten sehr lange mit großer Sorge beobachtet, wie die Menschen in ihrer Gier um Macht, Profit und Geld die Erde immer weiter verwundeten. Sie hatten aus der Ferne gesehen, wie die Menschen nur noch an sich selbst dachten und ihre Nächsten immer mehr vergaßen. Rücksicht, Gemeinsamkeit und Liebe waren ihnen völlig fremd geworden. So konnte es nicht weiter gehen. Die Weisen hatten beschlossen, den Menschen in diesem Städtchen eine Prüfung zu schicken, um sie wieder auf den rechten Weg zu bringen. Sie begannen, es regnen zu lassen. Die Menschen bemerkten es nicht weiter, sie gingen ihrer Arbeit und ihren Geschäften nach, aber sie begannen, über das Wetter und den Regen zu schimpfen. Also ließen die Weisen es weiter regnen. Langsam begann das Wasser zu steigen, es konnte nicht mehr gut ablaufen, weil ja die Menschen die Erde betoniert hatten. Aber sie hatten noch immer nichts gemerkt, sie schimpften zwar, aber das war alles. Die Weisen mussten es also weiter regnen lassen. So ging es lange Tage und Wochen, die Sonne hatten die Menschen schon lange nicht mehr gesehen. Langsam wurden sie missmutig und bekamen schlechte Laune. Das war alles. Also regnete es weiter. Es regnete, bis die Menschen anfangen mussten, ihre Häuser vor dem Wasser zu schützen. Viele Sandsäcke wurden heran gefahren. Jeder schützte sein Haus, er dachte nicht daran, seinem Nachbarn zu helfen. Nein, jeder war so damit beschäftigt, sein eigenes Hab und Gut zu schützen und zu erhalten, das er immer noch nicht an seinen Nächsten dachte. Das bemerkten die Weisen im Himmel natürlich und ließen es weiter regnen. Es regnete so lange, bis das kleine Flüsschen, das die Menschen ja begradigt und dessen Ufer sie zugepflastert hatten, kein Wasser mehr aufnehmen und wegfließen lassen konnte. Das Flüsschen trat über die Ufer. Die Menschen, die ihre Häuser am Ufer gebaut hatten, verloren als erste ihr Hab und Gut. Es war traurig, aber das viele Wasser hatte begonnen, alles mit sich zu reißen. Die Menschen, die noch im trockenen Teil des Städtchens lebten, dachten nicht daran, denen zu helfen, die bereits alles verloren hatten. Nein, sie waren der Meinung, sie hätten genug mit dem Schutz ihres Besitzes zu tun, die anderen sollten doch gucken, ob sie nicht in einer Turnhalle oder in einer Schule übernachten konnten. Da die Menschen immer noch nicht einsichtig geworden waren, ließen die Weisen es weiter regnen, so lange, bis endlich das ganze Städtchen im Wasser verschwunden war. Die Bewohner dieses Städtchens verloren alles, sie mussten nun alle schauen, wo sie ein Quartier finden konnten. Die Turn-hallen und Schulen, in denen Not-Quartiere eingerichtet wurden, waren schnell überfüllt. Wer Verwandte in einem Teil des Landes hatte, wo es nicht regnete, konnte dort unterkommen, wenn er Glück hatte. So seht Ihr zwei jetzt hier, was übrig geblieben ist. Die Menschen harren in ihren Not-Quartieren aus, sie sind aber immer noch nicht bereit, ihre Prüfung anzutreten und zu bestehen. Sie be-ginnen nicht mit den Aufräum-Arbeiten, sie sind einfach nur traurig und jeder bewacht sein bisschen Eigentum, was ihm jetzt noch ge-blieben ist. Sie haben es noch nicht verstanden, dass sie nur gemein-sam diese Prüfung bestehen und ihr Städtchen, ihr Leben wieder aufbauen können". „Woher weißt Du all diese Dinge", wollte Mariechen wissen. „Ich werde es Euch verraten, einer dieser Wei-sen bin ich. Und ich kenne Euch schon sehr lange, immer habe ich Euch zwei vom Himmel beobachtet. Elisabeth, ich weiß, wie Du mit Deiner Sternschnuppe auf die Erde gekommen bist, weil Du mit den Menschen-Kindern spielen wolltest. Und Mariechen, Dich habe ich schon Dein ganzes langes Leben gesehen, Dein gutes Herz und Deine gute Seele haben mir immer wieder Freude gemacht. Ich habe gesehen, wie liebevoll Du mit den Menschen umgegangen bist. Immer hattest Du ein freundliches, liebes Wort, obwohl Du es wirklich nicht leicht hattest in Deinem Leben. Aber es hat mich sehr gefreut, wenn Du den Kindern, die in das Ausflugs-Lokal kamen, eine extra-große Kugel Eis gegeben hast. Und erst die Studenten, die in das Lokal zum Mittag essen kamen. Es war schön zu sehen, wie Du ihnen eine extra-große Mahlzeit serviert hast. Ja, ich weiß genau, wie Du immer wieder allen Menschen, die es gerade brauchten, eine Freude gemacht hast. Das war mir immer wieder eine sehr große Freude. Dein Herz und Deine Seele sind

21

rein, Du bist ein guter Mensch, frei von jeder Niedertracht. Das zeigt Dein offener Blick und Dein schönes, warmes Lächeln. Aber jetzt müssen wir aufbrechen, wir müssen den Menschen erklären, was sie bisher falsch gemacht haben und was sie tun müssen, um diese Prüfung zu bestehen. Ich aber habe die Gestalt eines Vogels, ich kann nicht zu den Menschen sprechen, das ist Eure wichtige Aufgabe". Schon flogen sie los, Elisabeth und Mariechen sahen noch einmal nach unten auf dieses schreckliche Bild. Sie waren erschüttert, aber es musste etwas getan werden, das wussten sie. Nach einem kurzen Flug landeten sie sicher auf dem Dach einer Turnhalle. Die Menschen waren sehr verwundert, so etwas hatten sie ja noch nie gesehen, eine bunte Seifen-Blase, aus der ein Kind und eine alte Dame stiegen. Dazu noch ein großer Vogel, der sehr alt zu sein schien. „Was ist das? Woher kommt Ihr? Wer seid Ihr? Was wollt Ihr hier? Wir haben kaum für uns genug zu essen, wir können hier nicht noch zwei hungrige Mäuler gebrauchen", so begannen die Menschen zu zetern. Das war kein freundlicher Empfang. Elisabeth hatte sich das so nicht vorgestellt, sie zuckte zusammen, als die Menschen mit ihren Beschimpfungen und Flüchen begannen. Dann aber fiel ihr ein, warum sie hier waren. Sie nahm Mariechens Hand und hielt sie ganz fest. Mariechens Händedruck gab ihr neue Kraft und Mut. Sie traute sich nun, sich umzusehen. Da sah sie, wie vor der Turnhalle ein wundervoller, gelber Löwenzahn in voller Blüte stand. Die Natur hatte schon begonnen, sich selbst zu heilen, jetzt mussten sie nur den Menschen den richtigen Weg zeigen. Sie wollte nicht zu den Menschen sprechen, die hätten sie sowieso nicht verstanden. Sie konnten nur schimpfen und fluchen. Also begann Elisabeth, den Platz um den Löwenzahn, der so schön gelb leuchtete, mit einem kleinen Besen frei zu fegen. Sie war nun so in ihrem Element, immer mehr grünes Gras tauchte auf. Ein paar kleine Blümchen waren zu sehen, so hatte sie ihre Freude an der Arbeit. Langsam merkten die ersten Menschen auf, ein Kind, das kleine Blümchen mitten in dem Chaos, in der Katastrophe anstaunte, das lenkte sie nun von ihrem eigenen Elend ab. Die ersten Kinder begannen, es Elisabeth gleich zu tun. Schnell war eine wunderschöne Blumenwiese frei gelegt. Mariechen freute sich. Sie wendete sich den Erwachsenen zu. „Seht Ihr, was Ihr getan habt? Ihr habt in Eurer Gier und Eurer Dummheit alles zerstört, was für uns Menschen wichtig ist. Lasst uns gemeinsam beginnen, alles wieder zu aufzubauen. Nur gemeinsam können wir es schaffen. Hört auf, Euer Leid zu beklagen, das habt Ihr selber verschuldet, in dem Ihr in Eurer Gedankenlosigkeit nicht aufgehört habt, unserer Erde und der Natur Schaden zuzufügen. Hört auf damit, Eure wenigen Habseligkeiten, die Ihr aus Euren Häusern gerettet habt, zu bewachen. Es sind nur Dinge, die Ihr mit Geld gekauft habt. Habt Ihr denn kein Herz"? Die Menschen zögerten etwas, dann begannen die ersten dann doch mit der Arbeit, sie bemerkten, dass die Arbeit, das Saubermachen und das Aufräumen, sie dann doch mit Freude erfüllte. Ihre Gesichter bekamen einen zufriedenen Ausdruck, die Traurigkeit verschwand langsam. So zogen dann nach und nach auch alle Anderen nach und halfen bei der Arbeit. Nach einer Stunde hatten sie gemeinsam eine Straße vom Wasser, Schmutz und allen Resten befreit. Sie hätten nun wieder zurück in ihr Städtchen gehen können, aber sie wollten noch nicht. Es war so schön gewesen, gemeinsam zu arbeiten und gemeinsam etwas zu erreichen. Ein Gefühl, dass sie schon lange nicht mehr gekannt hatten, war zurück gekehrt. Einer von ihnen hatte eine Arbeit als Kamera-Mann beim Fernsehen. Er filmte, wie die Menschen gemeinsam gearbeitet hatten, er filmte aber auch, was sie alles verloren hatten, er filmte das Städtchen, die zerstörten Häuser, die toten Tiere, die im Wasser trieben, die abgebrochenen Bäume, die herumliegenden Äste. Zum Schluss filmte er den leuchtenden, gelben Löwenzahn und die Blumenwiese, die von den Kindern frei gelegt worden war. Der leuchtende, gelbe Löwenzahn hatte ihnen Allen Hoffnung gegeben. Der Film wurde in den Nachrichten gezeigt. Alle, die das gesehen hatten, waren sehr betroffen. Schnell wurden Hilfs-Aktionen ins Leben gerufen, überall im Land wurden Pakete gepackt, Möbel-Stücke verschickt, Handwerker kamen, um wieder aufzubauen, was zerstört war. Ja, von so viel Hilfe aus der Ferne waren die Menschen überwältigt, sie konnten es gar nicht glauben. Menschen, die sich nicht kannten, arbeiteten Hand in Hand, bauten das Städtchen wieder auf. Alles ging so schnell, überall pflanzten sie bunte Blumen in die Beete und in Kästen vor die Häuser. Auch wenn es in den Häusern noch schlimm aussah, hatten sie wieder neue Hoffnung geschöpft. Endlich hatten sie gelernt, dass sie nur gemeinsam etwas schaffen konnten, dass sie aufmerksam gegenüber ihrer Mitmenschen sein mussten. Eines Abends, als die Menschen ihr Werk bestaunten, fielen sie sich glücklich in die Arme. So sollte es jetzt weiter gehen und auch für immer bleiben. Der große, weise, alte Vogel hatte das zufrieden beobachtet. „Hier ist unser Arbeit getan", sagte er zu Mariechen. „Wir können nach Hause fliegen. Ich werde den Weisen im Himmel berichten, das hier alles ein gutes Ende genommen hat". Flugs saßen Mariechen und Elisabeth in ihrer bunten Seifen-Blase und schwebten im Himmel Richtung Heimat. Der große, weise, alte Vogel flog noch eine Zeit lang neben ihnen her, dann verabschiedete er sich. „Bis morgen, Ihr zwei. Wir haben noch viel zu tun". Elisabeth war aber nun sehr müde geworden von ihrem ersten großen Abenteuer. Sie schlief schon in Mariechens Armen, so hatte sie gar nicht mehr gesehen, wie über dem schrecklichen, grauen Land plötzlich wieder die Sonne schien…Schnell waren sie dann wieder zuhause angekommen, Elisabeth verabschiedete sich von Mariechen. „Bis morgen, Mariechen. Wir sehen uns", sie war

24

wirklich müde und hatte Hunger. Schnell lief sie über die Straße, nicht ohne nach links und nach rechts zu schauen. Sie winkte noch einmal Mariechen zu, dann verschwand sie. „Mami, Du wirst nicht glauben, was Mariechen und ich heute erlebt haben". Sie begann ihrer Mutter von ihrem Abenteuer zu erzählen, aber kurz darauf war sie dann doch eingeschlafen. „Du liebe Güte, das Kind hat eine Phantasie, unglaublich. Wie gut, das es mir vom Himmel geschickt wurde", freute sich Elisabeths Mutter. Mariechen aber lag an diesem Abend noch lange wach in ihrem Bett, sie dachte über das Erlebte nach. „Ja, jetzt bin ich auf dem richtigen Weg. Nun wird alles gut", freute sie sich, bevor auch sie endlich erschöpft einschlief.

Das Kind aus dem fernen Land

Am nächsten Tag ging Elisabeth wieder, wie jeden Tag in den Kindergarten. Sie freute sich darauf, sie war ein sehr lebendiges Kind. Gerne spielte sie mit den anderen Kindern und hatte viele kleine Freunde gefunden. Das war gut so, deswegen war sie ja auf die Erde gekommen. Fast immer entdeckte sie etwas, das sie noch nicht kannte, so ist das ja nun einmal bei Kindern. An diesem Vormittag aber war etwas anders, ein neues Kind war in den Kindergarten gekommen. Das war normalerweise nichts Außergewöhnliches, aber dieses Kind sah ganz anders aus, als die Kinder, die Elisabeth kannte. Das Kind war ein Mädchen, das erkannte Elisabeth an dem schönen bunten Kleid, was es trug. Das Mädchen hatte sehr dunkle, lange, fast schwarze Haare, die Haut war auch sehr dunkel. Und die Augen erst, so etwas hatte Elisabeth wirklich noch nie gesehen. Was war das? Woher kam dieses Kind? Und warum sah es so anders aus? „Hallo, wie heißt Du", wollte Elisabeth wissen. Das Kind antwortete nicht, es schaute nur traurig aus den Augen. Elisabeth nahm das Mädchen an die Hand und ging mit ihm nach draußen auf den Spielplatz. „Komm, ich zeig Dir, wie hoch ich schaukeln kann", rief sie fröhlich. Das seltsame Mädchen staunte mit offenem Mund, als es sah, wie hoch Elisabeth schaukeln konnte. So spielten sie noch eine Weile gemeinsam draußen, bis die Kindergärtnerin zum Frühstück herein rief. Dann sagte sie, „Kinder, hört mal zu. Das ist Adriane, sie kommt aus einem fernen Land. Adriane spricht kein Deutsch, sie spricht eine fremde Sprache. Aber wir werden ihr helfen, schnell Deutsch zu lernen und zu verstehen. Seid lieb zu ihr". Den Rest des Vormittags spielten Elisabeth und Adriane miteinander, sangen deutsche Lieder und tobten ein wenig herum. Aber Elisabeth konnte nicht begreifen, warum Adriane sie einfach nicht verstehen konnte. Am Nachmittag saß Mariechen schon auf ihrer Bank vor Elisabeths Haus und wartete auf ihre neue, kleine Freundin. Fröhlich kam Elisabeth angelaufen. „Mariechen", sagte sie, „im Kindergarten ist ein neues Kind. Das Kind heißt Adriane, aber ich verstehe es nicht. Es sieht auch ganz anders aus als die anderen Kinder". Mariechen überlegte noch, wie sie Elisabeth das erklären sollte, als bereits ihr neuer Freund, der große, alte, weise Vogel über ihnen kreiste. „Schnell, schlüpft in Eure Seifen-Blase! Ich möchte Euch etwas zeigen", rief ihr. Elisabeth machte eine neue große, bunte Seifen-Blase, sie hielten sich fest an den Händen und schlüpften hinein. Schon schwebten sie davon in die Höhe. Der große, weise, alte Vogel zeigte ihnen den Weg, er war aufgeregt und flog so schnell voraus, das sie kaum nach kamen. „Warte, nicht so schnell", rief Mariechen. „Ach, entschuldigt. Ich bin so aufgeregt, ich muss Euch dringend etwas zeigen. Wir müssen helfen und eingreifen. Schnell, beeilt Euch". So ging es in rasantem Flug voran, bis der große, weise, alte Vogel Halt machte. „Ich bin sehr aufgeregt, ich kann nicht glauben, was die Menschen Schreckliches gebaut haben. Es ist so schrecklich, so Etwas zu sehen". „Was ist denn nur passiert", wollte Mariechen wissen. „Die Menschen bauen Waffen und führen Kriege. Sie wollen immer mehr Land und mehr Macht gewinnen. Das können sie nur, indem sie andere Menschen töten. Sie töten diese Menschen, ohne lange zu überlegen. Sie werfen Bomben und Raketen auf die Städte. Landminen werden in den Böden vergraben, wenn ahnungslose Menschen darauf treten, werden sie in der Luft zerrissen. Sogar Atombomben haben die Menschen entwickelt, mit denen sie aus der Ferne Städte für immer vernichten können. Und das alles nur, um mehr und mehr Macht über die Menschen zu gewinnen. Einige wenige Menschen haben Glück und schaffen es unter sehr gefährlichen Umständen ihr Land zu verlassen. Wenn ihnen diese Flucht geglückt ist, werden sie in einem fremden Land aufgenommen, wo sie aber oft von den Einheimischen angefeindet werden. Sie können auch in der neuen Heimat nicht in Frieden leben. Wir Weisen beobachten das schon sehr lange vom Himmel aus und überlegen immer, wie wir die Menschen zur Vernunft bringen können. Aber bisher ist es uns noch nicht gelungen. Sie sind so uneinsichtig, man könnte sagen, sie sind einfach nur dumm". Der große, weise, alte Vogel schaute traurig drein. „Aber jetzt ist etwas passiert, etwas sehr Schreckliches, so etwas ist noch nie da gewesen. Ich kann es selbst kaum glauben. Die Weisen im Himmel haben mich sofort geschickt, Euch abzuholen. Ihr müsst helfen und die Menschen zur Vernunft bringen". „Ja, was ist denn so Schreckliches passiert", Mariechen war sehr besorgt. Der große, weise, alte Vogel erschien ihr heute sehr aufgeregt und traurig. „In einem fernen Land haben Politiker Ingenieure beauftragt, eine Waffe zu entwickeln, die aus großer Ferne gezündet werden kann. Dies e Waffe tötet durch ein neuartiges Gift-Gas Leben ab. Die Menschen sterben einen schrecklichen Tod, die Tiere gehen sehr qualvoll ein. Und die Politiker können aus sicherer Entfernung zusehen, wie das Land, über das sie die Macht haben möchten, für sie frei wird. Heute wurde diese schreckliche, grausame Waffe gezündet. Kommt, ich zeige es Euch". So flogen sie gemeinsam über eine riesige, heiße Wüstenlandschaft, bis sie am Ziel waren. Sie kamen in einem Land an, in dem die Menschen und Tiere gerade im Sterben lagen. Alle waren dabei, einen qualvollen Tod zu sterben. Menschen weinten und schrien. Die, die sich noch nicht in ihrem elenden Todeskampf befanden, liefen herum, schrien und waren verzweifelt. Sie suchten ihre Familien, ihre Kinder und ihre Freunde. Kinder weinten, andere Kinder lagen auf den Straßen, in den Hauseingängen und starrten nur noch leblos in den Himmel. Hier hatte die tödliche Waffe bereits ihre Opfer gefunden. Schnell landete der große, weise, alte Vogel auf einer Moschee. Mariechen und Elisabeth taten es ihm nach. Sie setzten sanft mit ihrer bunten Seifen-Blase auf dem Dach des wunderschönen Gebäudes auf. Mariechen brach in Tränen aus, als sie das Furchtbare aus der Nähe sah, das erinnerte sie an die Zeit, in der sie einen Weltkrieg über-lebt hatte. Elisabeth musste sich übergeben. Aber dann fassten sie sich schnell, sie durften nicht vergessen, warum sie hier waren. Aber was sollten sie tun? Was sollten sie hier nur ausrichten? So viel Grausamkeit war einfach unvorstellbar. Der große, weise, alte Vogel aber wusste eine Lösung. „Schnell, lauft durch die Straßen, nehmt alle Kinder und alle Erwachsenen an die Hände und bringt sie hier her in die Moschee. Dann erkläre ich Euch, wie es weiter geht". „Aber…es sind doch schon so viele Kinder gestorben, was sollen wir mit ihnen tun", Elisabeth hatte Tränen in den Augen. „Bringt auch alle Toten mit, sie waren noch nicht so weit, in die andere Welt zu gehen". So eilten sie schnell durch die Straßen und sammelten zuerst alle Lebenden ein. Die Moschee füllte sich sehr schnell. In der Moschee beteten die Menschen gemeinsam um ein

Wunder. Sie schrien nicht mehr, sie wussten, hier wurde geholfen. Der Himmel hatte ihnen ein Wunder geschickt. Schnell waren nun auch alle Toten eingesammelt und in einen anderen Raum in der Moschee gelegt worden. Viele der Überlebenden hatten dabei geholfen. Sie wollten ihren Verstorbenen die letzte Ehre erweisen. Der große, weise, alte Vogel aber mahnte zur Eile. „Schnell, bringt zuerst alle Kinder in die bunte Seifen-Blase", befahl er. Die bunte Seifen-Blase füllte sich mit vielen Kindern, die nun doch fast alle weinten, weil sie Angst bekamen. „Elisabeth, Du musst nun sehr viel pusten, damit Deine Seifen-Blase auch stark genug ist, all die Kinder von hier fort zu bringen", rief der große, weise, alte Vogel. Elisabeth pustete mit voller Kraft und die bunte Seifen-Blase schwebte langsam davon. Durch die vielen Kinder wirkte die bunte Seifen-Blase noch viel bunter. Sie schillerte im Sonnenschein. Je näher sie der Sonne kam, umso mehr erholten sich die Kinder. Das giftige Gas wurde durch die gute Luft in der Höhe und die Nähe zur Sonne vernichtet, es konnte hier keinen Schaden mehr anrichten. Die schillernde, bunte Seifen-Blase schwebte weiter, aus der Ferne hörte man den fröhlichen Gesang der Kinder. Nachdem die Kinder in einem fremden Land in Sicherheit gebracht worden waren, schwebte die bunte Seifen-Blase allein und leer zurück. Elisabeth staunte, „ich wusste gar nicht, dass die Blase auch alleine fliegen kann". „Die bunte Seifen-Blase wird von den anderen Weisen im Himmel gelenkt. Mach Dir keine Sorgen, mein Kind", erklärte der große, weise, alte Vogel. „Legt nun alle Toten in die bunte Seifen-Blase", forderte der große, weise, alte Vogel Mariechen und Elisa-beth auf. Das waren aber nun so viele, allein konnten die zwei das nicht schaffen. Die anderen Menschen hatten gesehen, was zu tun war und halfen fleißig mit. Sie wussten zwar nicht, was geschehen würde, sie konnten Mariechen und Elisabeth ja auch nicht ver-stehen, weil diese eine andere Sprache sprachen. Aber sie wollten ihren toten Familien und Freunden die letzte Ehre erweisen und sie nicht den Feinden überlassen. Sie spürten, dass etwas Wunderbares geschehen würde. Nun war die bunte Seifen-Blase wieder einmal voll, Elisabeth pustete wieder kräftig in ihr Röhrchen und die bunte Seifen-Blase hob ab und schwebte langsam davon. Die vielen fremden Menschen hielten den Atem an und schauten ihren Toten hinterher. Auch hier geschah ein Wunder. Als die bunte Seifen-Blase sich der Sonne näherte, erwachten die Toten. Die klare Höhen-Luft und die wärmenden Sonnenstrahlen hatten sie wieder zum Leben erweckt, die Wirkung des Gift-Gases war verschwunden. Sie fühlten sich nun alle, als wären sie aus einem sehr tiefen Schlaf erwacht. Langsam sahen sie, dass sie hoch über der Erde schwebten, so begannen sie ihre melodischen Gebete zu sprechen. Wenn viele Menschen die gleichen Gebete sprechen, hört sich das aus der Ferne an, wie ein schöner Gesang. Die in der Moschee verbliebenen Menschen sahen die bunte Seifen-Blase in der Ferne kleiner werden und staunten, als sie den Gesang hörten. Das konnte doch nicht sein, sie hatten doch Tote in die Blase gelegt. Sie glaubten, ihr Verstand spielte ihnen einen Streich, weil sie so viel Schreckliches erlebt hatten. Es dauerte nicht lange, da kehrte die bunte Seifen-Blase zurück. Sie war wieder leer, die Weisen im Himmel hatten auch die ins Leben zurück Gekehrten in ein fremdes Land gebracht, wo sie in Sicherheit leben konnten und ihre Kinder wieder trafen. Nun waren die Menschen dran, die noch in der Moschee geblieben waren. Schnell sammelten sie sich in der bunten Seifen-Blase, sie sprachen ein Gebet, Elisabeth pustete noch einmal ganz fest in ihr Röhrchen und los ging die Reise. Jetzt waren nur noch Elisabeth, Mariechen und der große, weise, alte Vogel in der Moschee. Während sie auf die Rückkehr der bunten Seifen-Blase warteten, erklärte der große, weise, alte Vogel. „Elisabeth, Du hast nun gesehen, wie schrecklich die Welt an manchen Orten ist.

Menschen können in ihrem Land nicht leben, weil es Kriege gibt. Sie sehen oft ihre Kinder oder ihre Eltern sterben. Sie müssen immer in Angst vor Feinden, vor Waffen und vor neuen Angriffen leben. Kriege haben immer zur Folge, dass sehr viele Menschen getötet werden, nur weil Politiker immer mehr Macht gewinnen wollen. Den Menschen, denen es durch ein Wunder gelingt, in ein fremdes Land zu kommen, muss auch dort geholfen werden. Sei ein gutes Kind und beherzige meine Worte. Spiele mit den fremden Kindern, sprich mit ihnen. Helfe ihnen, damit sie die fremde Sprache lernen. Diese Menschen haben schweres Leid ertragen müssen. Auch wenn sie anders aussehen, anders sprechen, vielleicht andere Dinge essen, an andere Götter glauben, es sind Menschen. Menschen, wie Du, wie Deine Familie, Deine Freunde. Hier hast Du schnell verstanden, um was es geht. Bitte beherzige das auch in Deiner Welt. Ich weiß, Du hast ein gutes Herz. Du wirst das Richtige tun. Mariechen, ich weiß, Du hast in Deinem langen Leben schon einige Kriege überlebt, hast Dein Heimatland verlassen müssen. Dir brauche ich nicht mehr erklären, dass diese Menschen all unsere Hilfe brauchen". Kaum hatte der große, weise, alte Vogel diese Worte gesagt, schwebte langsam die bunte Seifen-Blase wieder heran. Mariechen und Elisabeth hielten sich an den Händen und schlüpften schnell hinein. Schon schwebten sie über der Wüsten-Landschaft, der große, weise, alte Vogel begleitete sie. Er führte sie langsam über eine andere Wüste, in der die Menschen, die sie gerettet hatten, bereits begonnen hatten, Lager und Zelte aufzubauen, bis Hilfe aus der Welt kam. Sie waren glücklich, sie waren gerettet. Als die bunte Seifen-Blase über ihnen schwebte, stimmten sie noch einmal ihr melodisches Gebet an, dann winkten den beiden fröhlich zu, bis sie langsam kleiner wurden und dann ganz verschwanden. Mariechen und Elisabeth schwebten in ihrer bunten Seifen-Blase nach Hause, der große, weise, alte Vogel war irgendwann über den Wolken verschwunden. Er musste den anderen Weisen noch berichten, was geschehen war und wie es gelungen war, sehr vielen Menschen ein neues Leben zu schenken. Als die bunte Seifen-Blase nun wieder nach Hause zurück gekehrt war, summte Elisabeth immer noch die Melodie des schönen Gebets. Aber nun musste sie schnell heim, sie wollte ihrer Mutter erzählen, was sie heut mit Mariechen erlebt hatte. Beim Abendessen brach dann die ganze Geschichte aus ihr heraus. Ihre Mutter staunte wieder einmal über die unglaubliche Phantasie ihres Kindes. „Wenn Adriane Dich ein wenig versteht, kann sie gerne zum Spielen zu uns kommen. Ich werde mal schauen, ob ich auch ihren Eltern ein wenig helfen kann. Gleich morgen Nachmittag werden wir mal mit einem schönen, duftenden Kuchen bei ihnen vorbei schauen. Dann können wir gemeinsam Kuchen essen und ihr zwei könnt schön spielen. Wir werden schon Freunde werden".

Mariechen aber war sehr traurig nach Hause gegangen, die Erinnerung an die Ereignisse der Kriege, die sie, wie durch ein Wunder überlebt hatte, beschäftigte sie. Sie weinte in der Trauer, um die Lieben, die alle einen sinnlosen Tod gestorben waren. Aber sie war auch sehr erleichtert, dass es ihnen gelungen war, so viele Menschen zu retten. Jetzt musste ihnen aber auch im neuen, fremden Land geholfen werden, das wusste sie. Sie hoffte und betete, dass sich genügend Hilfe für diese fremden Menschen in einem fremden Land finden würde. Dann schlief sie müde ein. Sie träumte von ihrem geliebten Mann, der als junger Soldat im Krieg gestorben war. Er lächelte ihr zu und sagte: „Mein Mariechen, ich bin so stolz auf Dich, Du bist auf dem Weg zu mir, bald können wir wieder zusammen sein. Mach weiter so, es gibt noch einiges für Dich zu tun".

Das Meerschweinchen

Elisabeth lebte ja nun schon einige Jahre auf der Erde, nun hatten die anderen Kinder im Kindergarten von ihren Haustieren erzählt. „Mami, ich möchte auch so gerne ein Haustier haben, bitte, bitte, kann ich eines bekommen? Bitte, bitte, ich werde es auch selbst versorgen und immer schön lieb haben". So bettelte sie noch eine Weile, aber ihre Mutter wusste, dieses Kind war ihr vom Himmel geschickt worden, so konnte sie ihrer kleinen süßen Maus kaum einen Wunsch abschlagen. „Ja, Elisabeth, ich glaube, Du bist jetzt groß genug für einen tierischen Freund. Wir werden morgen in die Stadt fahren und schauen. Bis dahin überlegst Du Dir bitte schon einmal, was Du gerne für ein Tier haben möchtest. „Ich darf ein Tier haben, ich bekomme einen neuen Freund", erzählte sie am nächsten Tag mit leuchtenden Augen im Kindergarten. Die meisten Kinder hatten ein Meerschweinchen, so wollte Elisabeth auch eines. Am Nachmittag fuhr ihre Mutter dann mit ihr in die Stadt. „Ich möchte ein Meerschweinchen, Mami. Die sehen so süß aus und sind so knuddelig", Elisabeth konnte kaum abwarten, dass sie nun endlich im Zoogeschäft ankamen. „Wir möchten uns informieren, wie ein Meerschweinchen gehalten werden muss, meine kleine Tochter wünscht sich so sehr eines". Der nette Verkäufer sah Elisabeths leuchtende Augen und wusste, hier würde das Tier ein gutes Zuhause bekommen. Schnell war eines ausgesucht, es hatte ein ganz wuscheliges Fell, war noch sehr klein, aber schaute munter und fröhlich aus den Augen. Für Elisabeth war es Liebe auf den ersten Blick. Dieses oder Keines! So kauften sie noch einen großen Käfig, Heu und anderes Zubehör und machten sich auf den Weg nach Hause. „Hast Du Dir schon einen Namen für das kleine

Tierchen überlegt", fragte die Mutter. „Ja, es sieht so lustig aus, es soll Mollie heißen. Zuhaus angekommen richteten sie fix den großen Käfig mit Streu und Heu her, so dass es Mollie gleich schön kuschelig hatte. Elisabeth ging fix in den Garten, ihre Mutter hatte gesagt, sie solle frisches Gras pflücken, Meerschweinchen mögen das besonders gerne. Da wartete bereits Mariechen auf ihrer Bank, Elisabeth rief ihr zu, „Mariechen, ich muss schnell frisches Gras für mein Meerschweinchen pflücken, dann komme ich. Bis gleich" und verschwand mit dem Gras im Haus. Einen Moment später war sie wieder da und berichtete Mariechen ganz aufgeregt von ihrer neuen Freundin Mollie. Noch während sie erzählte, kam der große, weise, alte Vogel geflogen. „Du hast ein Meerschweinchen bekommen, wie schön. Aber behandele es immer gut, kommt, ich werde Euch zeigen, wie die Menschen mit Tieren umgehen. Was sie ihnen antun". „Alles klar, ich sag nur noch kurz meiner Mutti Bescheid, dann bin ich wieder da". Gleich darauf ging es los, Elisabeth pustete in ihr Röhrchen, Mariechen hielt ganz fest ihre Hand und schon schwebten sie in ihrer bunten Seifen-Blase in Richtung Himmel. Der große, weise, alte Vogel flog, wie immer, an der Seite der Seifen-Blase. Er hatte ein besorgtes Gesicht, wie würde die Kleine reagieren, wenn sie sah, was die Menschen mit Tieren machten, wie sie mit ihnen umgingen? „Wir werden gleich auf dem großen Dach da vorne landen", gab er Anweisung. Schon aus der Luft von oben sah Elisabeth sehr viele Hühner, wirklich sehr, sehr viele Hühner, die sich dicht gedrängt auf einer Wiese aufhielten. Die Wiese war von einem riesengroßen Zaun umgeben. Aus der Nähe sahen sie dann auch einige tote Hühner zwischen den anderen liegen, die toten Hühner wurden von den anderen angepickt, sie wurden sogar von ihnen gefressen. Kaum waren sie gelandet, ging es schon weiter. „Lasst uns hineingehen, hier ist eine Hühnerfarm", der große, weise, alte Vogel konnte sein Entsetzen kaum noch verbergen. In der großen Halle sahen sie noch mehr Hühner, Hühner, die keine Federn mehr hatten, Hühner, die sich die Augen auspickten, Hühner, die kurz vorm Sterben waren. Ein beißender Geruch lag in der Luft, so dass Elisabeth würgen musste. Fast hätte sie sich übergeben. So schrecklich war der Anblick. Auch im Freien, im Gehege, sah es aus der Nähe nicht besser aus. „Kommt, lasst uns auf das Dach gehen, hier haben wir genug gesehen", der große, weise, alte Vogel flog voraus, Elisabeth und Mariechen eilten hinterher. „Was ist das? Das ist ja schrecklich", Mariechen schüttelte sich, während Elisabeth sich immer noch bemühte, sich nicht zu übergeben. „Das ist eine Hühnerfarm, die wurde von den Menschen erfunden, um möglichst viel Fleisch und Eier zu produzieren. Die Menschen wollen Fleisch von Tieren essen, es darf nicht viel kosten, so müssen möglichst viele Tiere auf möglichst wenig Platz gehalten werden, damit das Fleisch und die Eier nicht zu teuer werden. Dass alle Tiere aber auch eine Seele haben und leiden, das bemerken die Menschen nicht in ihrer Gier". So bat der große, weise, alte Vogel Elisabeth, in ihr Röhrchen zu pusten, damit sie in einer großen Seifen-Blase die Hühner an einen sicheren Ort bringen konnten, wo sie dann frei und glücklich in der Natur leben konnten. Schnell war das geschehen, sie hörten noch aus der Ferne das fröhliche Gegacker der Hühner, die nun endlich wieder Tageslicht sahen und frisches Gras picken konnten. „Wir müssen weiter, ich werde Euch noch etwas zeigen", so pustete Elisabeth wieder einmal in ihr Röhrchen und sie flogen gemeinsam los. Der große, weise, alte Vogel wies ihnen den Weg. Nach einer Weile kündigte er die nächste Landung auf einem großen Dach an. „Wir sind hier auf einem Rinder-Mast-Betrieb, hier werden Kälbchen gezüchtet", „Darf ich eines streicheln"? Elisabeth war ganz angetan von den kleinen Kälbchen, zu putzig sahen sie aus. „Nein, mein Kind, das wird nicht möglich sein. Wenn der Besitzer der Kälbchen uns entdeckt, wird er sehr böse werden. Die Kälbchen hier haben alle keine Mütter, sie werden mit künstlicher Milch und künstlichen Hormonen aufgezogen, damit sie sehr schnell wachsen und dann geschlachtet werden können". „Geschlachtet"!!! Jetzt musste sich Elisabeth doch übergeben. „Warum machen die Menschen das? Wer isst denn schon ein Kälbchen", sie war entsetzt. „Ja, leider ist es so, die Menschen wollen viel Geld verdienen, darum lassen sie Tiere heran wachsen, füttern sie mit künstlichem, unnatürlichem Futter. Sie haben längst vergessen, dass alle Tiere ein Leben und eine Seele haben. Wichtig ist ihnen nur, dass sie genügend Geld mit dem Fleisch verdienen. Und wenn sie genügend Geld verdient haben, gehen sie essen und bezahlen viel Geld für teures Fleisch. Sie bemerken aber gar nicht, dass sie hier totes Tier, was ja eigentlich Aas ist, essen. Die Tiere liegen ihnen nicht am Herzen. Jedes Tier hat eine Seele und Gefühle, das muss den Menschen wieder klar werden. Lasst uns schnell die Kälbchen hier in die Seifen-Blase treiben und an einen sicheren Ort zu den Hühnern bringen. Dort können sie gemeinsam in Frieden leben. Elisabeth pustete wieder fix in ihr Röhrchen, die Kälbchen beeilten sich, sie hatten auch ohne Worte begriffen, dass sie gerettet wurden. Die bunte Seifen-Blase schwebte mit den Kälbchen davon und einige Zeit später konnten sie aus der Ferne das fröhliche Muhen, gemischt mit dem fröhlichen Gackern der Hühner hören. Schon kam die bunte Seifen-Blase wieder zurück. „Steigt ein, ich werde Euch noch etwas zeigen", und schon ging es weiter. Sie schwebten eine Weile dahin, schwebten sogar über die Kälbchen und die Hühner, die sie befreit hatten, hinweg, bis der große, weise, alte Vogel wieder zur Landung rief. Sie landeten auf dem Dach einer riesengroßen Fabrik. Hier gab es draußen keine Tiere zu sehen, so waren sie etwas verwundert. „Gibt es hier auch Tiere", wollte Elisabeth wissen. „Ja, hier ist ein großes Versuchs-Labor. Hier werden Tiere für Versuche an

Medikamenten oder Kosmetika benutzt. Die Tiere werden hier wie eine Sache behandelt. Wenn ein Tier die qualvollen Versuche nicht überstanden hat und gestorben ist, wird es einfach in den Mülleimer geworfen. Wie ein altes Stück Papier. Hier ist es wirklich schrecklich, da müsst Ihr ganz stark sein". Der große, weise, alte Vogel hatte schon eine Tür, die nicht bewacht wurde, ausgekundschaftet. Schnell schlüpften sie hinein, niemand hatte sie gesehen. Oh, wie schrecklich war es hier. Alle drei waren entsetzt, sie waren in den Raum gelangt, in dem die toten Tiere in die Müll-eimer geworfen worden waren. „Wir müssen weiter", drängte der große, weise, alte Vogel, „sie dürfen uns nicht entdecken". Er sah sich schnell um, aber bisher hatten die Menschen sie nicht bemerkt. Dann sahen sie die Tür, die ins Labor führte. Was sie hier sahen, war noch viel furchtbarer, als sie erwartet hatten. Viele verschie-dene Arten von Tieren waren hier in klitzekleine Käfige, in denen sie sich kaum bewegen konnten, eingesperrt. Sie schrien unter Qualen, kleine Äffchen, kleine Hunde, Ratten, Mäuse und all mögliches anderes Getier wurden hier gequält. Manche waren an Elektroden angeschlossen, andere hingen an Schläuchen und Infu-sionen, aus denen Medikamente oder Kosmetika in die kleinen Körper gepumpt wurde. Hier musste wirklich sehr schnell gehan-delt werden, das wussten alle drei. Der große, weise, alte Vogel begann, die Türen der Käfige zu öffnen. Er entfernte die Elektro-den und Schläuche. Nachdem Elisabeth und Mariechen sich aus ihrer Erstarrung gelöst hatten, halfen sie schnell mit. Die Mitar-beiter des Versuchs-Labors aßen gerade zu Mittag, so bemerkten sie die drei glücklicherweise nicht. Während sie noch ihre Witze bei Tisch machten, waren alle Tiere befreit. Schnell hatte der große, weise, alte Vogel ihnen erklärt, dass sie in die bunte Seifen-Blase auf dem Dach schlüpfen mussten, um in Sicherheit gebracht zu werden. Es war geschafft, Elisabeth pustete wieder einmal in ihr

Röhrchen und die bunte Seifen-Blase schwebte mit allen befreiten Tieren davon. Das war vielleicht ein lustiges Gequietsche, Bellen und Miauen in der bunten Seifen-Blase. Die Mittags-Pause war beendet und die Mitarbeiter entdeckten, dass alle Tiere verschwunden waren. Sie suchten ganz aufgeregt, aber fanden kein einziges Tierchen mehr. Der große, alte, weise Vogel hatte sich schnell auf dem Dach versteckt, hier war er doch in Gefahr. Schon schwebte glücklicherweise die bunte Seifen-Blase wieder herbei und Mariechen und Elisabeth schlüpften hinein. Dann flogen sie gemeinsam mit dem großen, weisen, alten Vogel weiter. Auf ihrer Reise machten sie noch an sehr vielen Stationen halt und befreiten immer wieder Tiere aus ihrer misslichen Lage. „Elisabeth, Du hast nun gesehen, wie grausam die Menschen mit den Tieren umgehen. Denke immer daran, wenn Du ein Tier siehst, auch wenn eine Mücke Dich am Abend ärgert, oder Du eine kleine Spinne an der Wand siehst. Bedenke immer, dass jedes Tier eine Seele hat. Jedes Tier, das durch Menschenhand gestorben ist, ist eines zu viel. Die Natur hat es so eingerichtet, dass die Tiere ein Teil von ihr sind. Wenn die Menschen sie immer weiter umbringen, nur um Geld zu verdienen oder ein schönes Stück Fleisch auf dem Teller zu haben, wird die Natur aus dem Gleichgewicht geraten und nicht mehr funktionieren". Während der große, weise, alte Vogel Elisabeth das alles erklärte, schwebte die bunte Seifen-Blase über all die Tiere hinweg, die sie befreit hatten. Das war wirklich eine Freude, so vielen verschiedenen Arten von Tieren bei ihrem Tun zuzusehen. Ein schönes buntes Bild und eine wunderbare Geräuschkulisse. Sie flogen nun langsam wieder nach Hause. Mariechen hatte schon seit Jahren kein Fleisch gegessen, weil ihr die armen Tierchen, die getötet wurden, immer so leid getan hatten. Sie bevorzugte frisches Gemüse und Obst, welches sie immer noch, trotz ihres hohen Alters selbst in ihrem Garten anbaute. Vielleicht war sie aber auch gerade deshalb so alt geworden? Wer wusste das schon? Am Abend sah Elisabeth zuerst nach ihrer Mollie. Die saß quietschvergnügt in ihrem großen Käfig und schaute putzig aus ihren kleinen Äuglein. „Mami, darf ich Mollie morgen mit in den Garten nehmen, damit sie Gras fressen kann? Mollie möchte auch mit den Schmetterlingen, Bienen und allen Tieren, die in unserm Garten wohnen, spielen. Darf ich das"? „Oh, das ist eine gute Idee, ein Tier muss frei sein. Wenn ein Tier aber bei den Menschen lebt, um ihnen Freude zu machen, musst Du gut für das Tierchen sorgen, Du bist sein Frauchen, Du hast die Verantwortung übernommen. Pass gut auf, wenn Du mit ihr im Garten spielst, das frische Gras wird ihr sicher gut schmecken". „Mami, ich möchte kein Tier essen, ich möchte das nicht. Wenn Menschen Tiere töten, um etwas zum Essen zu haben, möchte ich das nicht. Das ist doch schrecklich, wie kann man ein totes Tier essen"? „Die Kleine ist wirklich sehr klug für ihr zartes Alter, man merkt doch, dass es vom Himmel geschickt wurde. Vielleicht kann es ja in unserer Welt etwas bewegen, wenn sie erwachsen ist, wer weiß", überlegte die Mutter, während sie einen schönen frischen Salat für das Abendbrot zubereitete. „Zuerst muss ich noch Mollie füttern", Elisabeth sprang vom Tisch auf und versorgte ihre Mollie mit einer Hand voll frischem Gras, bevor sie dann auch den leckeren Salat essen konnte. Elisabeth schaute schnell noch einmal nach ihrer Mollie und erzählte ihr davon, wie sie alle Tiere, die gequält worden waren, befreit hatten. Dann legte sie sich in ihr Bettchen und schlief schon tief und fest, als ihre Mutter herein kam, um ihr einen Gute-Nacht-Kuss zu geben. Sie träumte von den vielen Tieren, denen sie zu einem schönen, natürlichen Leben in Freiheit verholfen hatten.

Der Garten

Am nächsten Tag saß Mariechen schon eine Weile auf ihrer Bank. Sie genoss die warmen Sonnenstrahlen und sah den Schmetterlingen bei ihrem fröhlichen Spiel zu. In den Baumkronen sangen viele Vögel ihr frohes Lied. Ja, heute war ein schöner Tag. Mariechen war ein wenig müde von den großen Abenteuern der letzten Tage, sie wollte sich gern ein wenig ausruhen. Zufrieden lächelte sie vor sich hin, als Elisabeth fröhlich erschien. „Meiner Mollie geht es gut, ich habe heute mit ihr im Garten gespielt", rief sie begeistert. „Das freut mich, mein Kind. Gib immer gut auf sie acht. Du hast gestern gesehen, was manche Menschen mit den Tieren machen, wie unachtsam sie mit ihnen umgehen. Das ist nicht gut. Schau, wie schön die Schmetterlinge heute in der Sonne umher fliegen und höre auf den Gesang der Vögel. Ist das nicht ein schöner Tag? Elisabeth, hör zu, meine Füße schmerzen ein wenig, ich mag heute nicht so viel laufen". „Wie kommt denn das?" wollte Elisabeth gleich wissen. „Ja, mein Kind, ich bin ja schon eine alte Frau. Meine Füße sind ja auch schon so alt wie ich. Sie haben mich das ganze Leben getragen, da dürfen sie auch einmal ein wenig schmerzen". Schon kam, wie gerufen, der große, weise, alte Vogel heran geschwebt. „Mariechen, ich sehe, Du siehst heute ein wenig müde aus. Lass uns in Deinen Garten gehen, wir werden Elisabeth etwas über die Natur erklären. Es ist so ein schöner Tag heute, da werden wir uns alle in Deinem Garten wohl fühlen". Gesagt, getan, Elisabeth pustete in ihr Röhrchen, sie fassten sich an den Händen und schwebten wieder einmal in einer großen, bunten Seifen-Blase davon. Es dauerte nicht lange und sie konnten die Seifen-Blase auf einer wunderschönen Blumenwiese in Mariechens Garten landen. „Oh, hier ist es aber schön", es duftete herrlich. Viele bunte Blumen blühten in großer Pracht und kleine Kräuterchen verströmten ihren Duft in alle Richtungen. Es gab auch Gemüse und Obst zu bestaunen, leckere, gelbe Paprika leuchteten, rote Tomaten und noch mehr leckeres Gemüse gab es zu sehen. Elisabeth aber stürmte zuerst zu den schönen, roten Erdbeeren. Sofort verschwand eine der Erdbeeren in ihrem kleinen Mund. „Oh, wie lecker ist das denn. Darf ich noch eine Erdbeere essen"? „Ja, aber sicher", Mariechen freute sich. Lange schon war niemand mehr zu Gast in ihrem Garten gewesen. „Schau, Elisabeth", sagte der große, weise, alte Vogel. „Ich erkläre Dir jetzt etwas, Du siehst hier so viel leckeres Obst und Gemüse in den Beeten. Mariechen hat das alles mit großer Sorgfalt und Liebe gesät und gepflanzt. Ja, das war sehr viel Arbeit, aber nun schau auch mal hier her. Du siehst viele Kräuterchen und Blümchen, die die Natur anbaut. Die Menschen wissen die kleinen Pflänzchen oft nicht zu schätzen. Sie bezeichnen sie als Unkraut und vernichten sie. Das ist nicht gut, alle Insekten brauchen gerade diese Wild-Kräuter, um zu überleben. Sie ernähren sich von ihnen. Siehst Du die vielen Schmetterlinge und Bienen, die kleinen Krabbel-Käfer? Sie alle können sich hier wohl fühlen, weil sie hier genügend Nahrung und Lebensraum finden. Wenn die Menschen diese Wild-Kräuter vernichten, weil sie denken, das sind Unkräuter, vernichten sie den Lebensraum dieser Tierchen und damit auch die Tierchen. Aber die Wild-Kräuter sind nicht nur für die Tierchen wichtig. Sie haben oft eine heilende Wirkung, können als Tee getrunken oder in Salben und Tinkturen gemischt werden. Sieh, hier, siehst Du diesen gelben Löwenzahn. Schau, wie schön seine Blüte in der Sonne leuchtet. Ist das nicht ein schöner Anblick? Aus seinen frischen Blättern kannst Du einen leckeren Salat zaubern, aus den Blüten kann Deine Mutter einen leckeren Sirup zubereiten. Aber die Blätter und Blüten können auch getrocknet und als Tee getrunken werden". Elisabeth staunte, „meine Mollie mag den Löwenzahn auch sehr gerne". „Schau hier, siehst Du diese frischen, grünen Blätter, die sich über den Boden verteilen? Das ist Giersch. Auch aus diesen Blättern kannst Du einen leckeren frischen Salat oder einen schönen Brot-Aufstrich bereiten. Oder hier, hier siehst Du den Gundermann, sieht er nicht lustig aus? Schau, wie seine kleinen, blauen Blüten sich zur Sonne strecken. Der Gundermann wächst lustig über den Boden in alle Richtungen und breitet sich aus. Er hilft den Menschen, als Tee getrunken, bei Rücken-schmerzen. Du bekommst das Gefühl, das Dein Rücken sich von alleine aufrichtet, so wie der kleine Gundermann, wenn Du den Tee trinkst. Oder, sieh her, siehst Du die kleinen, blauen Veilchen? Haben sie nicht schöne Blüten? Du kannst einige Blüten pflücken und damit den Salat verzieren, das sieht sehr hübsch aus und ist auch sehr gesund. Die Veilchen versorgen unseren Körper mit sehr vielen Vitaminen". Elisabeth sah sich um, sie entdeckte einen großen Baum, an dem viele weiße Blüten herunter hingen. „Oh, der sieht aber schön aus und so viele schöne Blüten. Was ist das denn"? „Das ist ein Holunder-Baum. Die schönen weißen Blüten kannst Du sammeln und für eine leckere, erfrischende Limonade verwenden. Im Herbst verwandeln sich die Blüten dann in kleine, dunkel-lila-farbene Beeren. Auch die Beeren kannst Du sammeln, Deine Mutter wird daraus einen leckeren Holundersaft kochen. Der Holundersaft hilft Dir, wenn Du einmal Fieber oder eine Erkältung hast. Wenn Du ihn trinkst, wirst Du schnell wieder gesund werden". Während der große, weise, alte Vogel Elisabeth alle diese schönen Pflanzen gezeigt und erklärt hatte, war Marie-chen im Haus verschwunden. Kurz danach erschien sie mit einem großen Krug. Sie hatte fix eine leckere Limonade für alle zube-reitet. Das war einfach, sie fand ja in ihrem Garten alles, was sie dafür brauchte. Veilchen-Blüten, Gundermann, sogar ein paar Rosen-Blüten, all das hatte sie mit Wasser aufgegossen, etwas vom

Löwenzahnsirup hinein, ein paar Zitronenscheiben dazu und fertig war eine leckere Limonade. So schnell und einfach ging das.

Zu dritt saßen sie nun auf der Blumenwiese, schön im Schatten unter dem großen Holunderbaum und genossen ihre Limonade. Dazu gab es noch ein paar Kekse und Erdbeeren. Das war ein feiner Nachmittag, sie erzählten sich noch lange Geschichten von den Kräuterchen, die sie so kannten. Das ging so, bis der große, weise, alte Vogel bemerkte, dass es schon spät geworden war. Elisabeth musste nach Hause, sonst würde ihre Mutter sich Sorgen machen. Schnell pflückten sie noch ein buntes Kräuter-Sträußchen und schon ging es los. Elisabeth pustete in ihr Röhrchen, sie nahmen sich wieder fest an die Hände und die bunte Seifen-Blase schwebte los, Elisabeth nach Hause zu bringen. Der große, weise, alte Vogel begleitete sie auf ihrem Weg. Sofort flitze Elisabeth mit ihrem Sträußchen zur Mutter. „Mami, schau mal, was ich hier habe. Kannst Du uns eine Limonade daraus machen? Darf ich auch einen Garten haben", so aufgeregt war Elisabeth. „Ja, warte einen kleinen Moment, dann zeige ich Dir, wie eine Limonade gemacht wird. Danach gehen wir in den Garten und suchen für Dich einen schönen Platz aus. Morgen kaufen wir Dir dann ein paar schöne Samen und Pflänzchen". „Ich möchte aber auch Löwenzahn haben und Veilchen, die sehen so lustig aus". „Woher kannte das Kind plötzlich all diese Namen?" fragte sich die Mutter. Elisabeth bekam am nächsten Tag Samen für Sonnenblumen, Ringelblumen, Radieschen, Erbsen und auch Bohnen. „Die Bohnen sind etwas ganz Besonderes", erklärte die Mutter. „Sie werden an einer Stange so groß, dass Du ein kleines, lebendiges Zelt daraus haben kannst. Die Sonnenblumen werden fast bis in den Himmel wachsen, später wenn sie ausgeblüht sind, haben die Vögel reichlich Futter an ihnen. Ja, und hier die Kürbisse, wir werden die kleinen Kerne in die Erde stecken und im Herbst leuchten sie wunderschön orange, sie werden sehr, sehr groß. Wir können das Fruchtfleisch zu Marmelade, Suppe und als süß-saures Gemüse essen. In die Schale schnitzen wir mit einem Messer ein lustiges Gesicht und stellen eine Kerze hinein, das sieht im Dunkeln dann sehr schön aus. Die Nachbarn werden sich freuen, wenn sie unsere schönen Kürbisgesichter an der Haustür sehen". Das gefiel Elisabeth, aber am meisten Freude hatte sie an den kleinen Stiefmütterchen, die sie auf dem Markt gekauft hatten. „Schau, Mami, die Blüte sieht doch aus, wie das Gesicht einer alten Omi! Das ist lustig"! Aber die Mutter hatte auch daran gedacht, im Garten einige Plätze für die Wildkräuter zu reservieren, so konnte Elisabeth immer genügend Löwenzahn für ihre Mollie finden, unter den Bäumen konnte sich die Giersch schön ausbreiten, so gab es oft einen schönen, leckeren Salat zum Abendbrot. Wenn auf dem Rasen die kleinen Gänseblümchen in ihrer Blüte standen, pflückte Elisabeth gerne ein Sträußchen für ihre Mutter oder um damit ihren Abendbrot-Teller fein zu schmücken. Ja, sie war froh, dass sie ein wenig über die Schätze, die die Natur für die Menschen bereit hält, gelernt hatte. Vielleicht würde sie ja einmal eine Gärtnerin werden, wenn sie groß war? Mariechen war zufrieden, sie hatte gesehen, wie begeistert Elisabeth all die kleinen Pflänzchen bestaunt hatte. E s hatte sie gefreut, zu sehen, dass das Kind wirklich Freude an dem Garten und all seinen Bewohnern gehabt hatte. Ja, es war wirklich ein schöner Tag gewesen. So ging sie zu Bett und schlief schnell ein, ihre alten Füße schmerzten nicht mehr. Sie würden Elisabeth noch sehr viel über die Natur erklären müssen, das wusste sie. Schon war sie eingeschlafen. Im Traum erschien ihr wieder einmal ihr lieber Mann. „Das Kind macht Dir eine sehr große Freude, das sehe ich. Wenn Du eines Tages die große Reise zu mir angetreten hast, wirst Du auf der Erde in dem Kind weiter leben, das ist gut so. Die Menschen auf der Erde werden solche guten Herzen immer brauchen, die Welt wird sonst sehr traurig und bedauernswert sein". Mariechen lächelte zufrieden im Schlaf. Der große, weise, alte Vogel aber war heim zu den anderen Weisen über den Wolken geflogen und hatte ihnen berichtet, mit welcher Freude Elisabeth die vielen Pflänzchen kennen gelernt hatte.

Eine besondere Kraft

Mariechen und der große, weise, alte Vogel warteten bereits eine kleine Weile auf der Bank, als Elisabeth endlich im Garten auftauchte. Sie hatte ja nun schon so viel über den Umgang mit Tieren und mit der Natur gelernt. Jetzt war es an der Zeit, ihr etwas über eine sehr besondere Kraft zu erzählen. Da waren sie sich einig. „Heute werden wir Dir etwas ganz Besonderes erklären, mein Kind", begann der große, weise, alte Vogel langsam mit seiner bedächtigen Stimme zu erzählen. „Lass uns ein wenig um die Welt fliegen". Elisabeth pustete wieder in ihr Röhrchen, sie hielten sich fest an den Händen und schon schwebten sie, begleitet von dem großen, weisen, alten Vogel durch die Luft, den Wolken entgegen. „Uiih, so hoch sind wir ja noch nie geflogen", Elisabeth staunte wieder einmal. So nahe war sie den Wolken noch nie gewesen. Die Wolken sahen lustig aus, einige glichen Tieren, manche sahen aus wie kleine, flauschige Schafe, andere wie große Blüten. Sie war begeistert. „Heute werden wir nicht landen", der große, weise, alte Vogel flog weiter in die Höhe, bis er in den Wolken verschwunden war. Kurz darauf tauchte auch die bunte Seifen-Blase in die Wolken ein. Das war ein feines Gefühl, als würden sie durch Watte fliegen. Elisabeth schaute um sich herum, aber außer weißem Flausch gab es nichts zu sehen. „Mariechen, warum fliegen wir denn heute so hoch"? wollte sie wissen. „Mein Kind, wir werden Dir heute etwas über eine besondere Kraft, eine Kraft, die aus dem Universum kommt, erklären. Jeder Mensch kann über diese besondere Kraft verfügen und sie einsetzen, wo und wann er möchte. Aber bedenke, es ist eine ganz besondere Kraft. Du kannst sie nur für etwas Gutes einsetzen, sonst wird sie nicht funktionieren". „Das ist ja spannend. Wie heißt denn diese Kraft? Und … wie geht das?

Kommt diese Kraft vom Himmel"? Da war aber jemand neugierig geworden.„Diese besondere Kraft heißt Reiki. Alle Menschen tragen diese Kraft in sich, aber nur die wenigsten bemerken sie und machen Gebrauch von ihr", erklärte Mariechen. Sie hatten in ihrer bunten Seifenblase die Wolken durchquert und schwebten nun hoch oben über den Wolken. „Reiki ist etwas sehr Besonderes. Aber leider wird diese Kraft von vielen Menschen belächelt, das ist schade. Die Welt könnte viel schöner sein, wenn alle Menschen von Reiki Gebrauch machen würden. Mit Reiki können Schmerzen und Krankheiten geheilt werden". „Warum tun sie es dann nicht", wollte Elisabeth wissen. „Ja, das ist schwer zu erklären. Reiki ist eine allumfassende Liebe, Du hast doch Deine Mutter lieb, richtig"? „Ja, klar. Meine Mami, meinen Papi und meine Mollie. Und Dich hab ich auch ganz doll lieb. Meine Freundinnen im Kindergarten habe ich lieb und auch den großen, weisen, alten Vogel. Aber wie funktioniert denn das Reiki? Was muss ich denn tun"? „Reiki ist Liebe, Liebe zu allen Lebewesen. Liebe zu den Menschen, zu den Tieren, zur Natur, kurzum zum Leben. Du kennst das Gefühl, wenn Du Dir einmal weh getan hast. Was machst Du denn dann"? „Hmmh, ich laufe zu meiner Mami und manchmal weine ich. Aber wenn meine Mami dann das Aua pustet und mich in den Arm nimmt und tröstet, ist schnell alles wieder gut". „Ja, das stimmt. So sollten es alle Menschen machen. Sie sollten einander Liebe geben. Gleich, wenn wir wieder durch die Wolken sinken, werde ich Dich einweihen. Das hört sich sehr spannend an, ich weiß, aber ich werde nur meine Hand auf Deinen Kopf legen und diese wunderschöne, besondere Kraft in Deinen Körper fließen lassen. Du wirst vielleicht ein sehr helles Licht sehen, obwohl Du die Augen geschlossen hast. Eine wunderbare Wärme wird Dich durchströmen und Deinen Körper einhüllen". „Jaaaa, wenn meine Mami mich in den Arm nimmt, wird mir auch immer ganz schön warm und ich fühle mich gut. Kann ich dann auch Reiki geben? Ehrlich, kann ich das dann auch? Das wäre ja wirklich fein". So geschah es, als die bunte Seifen-Blase langsam wieder durch die Wolken sank, legte Mariechen ihre Hände auf Elisabeths Kopf. Gleich darauf fühlte Elisabeth diese wunderbare Kraft in sich. Sie war glücklich, jetzt konnte sie allen anderen Menschen auch Liebe geben. Das war eine feine Sache. „Probiere es gleich mal aus, wenn wir wieder zuhause sind. Du wirst sehen, es wird Dir gut tun. Du kannst allen Menschen, allen Tieren und auch allen Pflanzen Reiki geben. Sie werden alle diese wunderbare Kraft genießen. Du wirst sehen". „Lass es mich mal bei Dir probieren", bat Elisabeth. Ja, sie waren nun sicher gelandet, der große, weise, alte Vogel hatte sich wieder zu ihnen gesellt. Elisabeth probierte gleich das Gelernte aus, sie legte ihre Hände bei Mariechen auf. Es war ein wunderbares Gefühl, ein sehr helles, warmes Licht durchströmte ihre Körper, Elisabeth merkte sogar, wie sich das wunderbare Gefühl in ihrem Körper vermehrte. Sie strahlte. „Woher kommt denn diese schöne Kraft", wollte sie wissen. Der große, weise, alte Vogel erklärte: „Diese Kraft kommt aus dem Universum, also von Gott. Du brauchst nicht sparsam mit ihr umgehen. Je mehr Reiki Du allen Lebewesen gibst, um so mehr kommt zurück. Aber zum Schluss gibt es noch ein paar Regeln, die Du beherzigen solltest.

Ärgere dich nicht.
Sorge dich nicht.
Sei dankbar.
Arbeite hart.
Sei freundlich zu den Menschen.

„Das ist doch leicht, ich bin doch ein Kind. Ich sage immer Danke, wenn ich ein Geschenk bekomme. Ich bin auch immer lieb zu anderen Menschen. Ja, und Sorgen oder Ärger habe ich nicht, ich bin doch ein Kind. Aber, wie soll ich hart arbeiten? Oh, ich habe eine Idee, ich werde meiner Mami viel im Haushalt und im Garten helfen und ihr immer wieder sagen, dass ich sie lieb habe. Das wird sie freuen". „Ich sehe, Du hast verstanden, um was es bei dieser, wundervollen, besonderen Kraft geht. Wenn Du fleißig übst, die Regeln beherzigst und vielen Lebewesen etwas von dieser wunder-vollen Kraft gibst, wird Dir ein glückliches Leben beschert sein". Elisabeth flitzte schnell über die Straße, um nach Haus zu kommen. Natürlich sah sie, wie immer, so hatte sie es im Kindergarten gelernt, nach rechts und nach links, ob die Straße auch frei war. Mariechen war zufrieden und noch ganz erfüllt von dieser kleinen Reiki-Anwendung. Sie ging langsam nach Hause. Der große, weise, alte Vogel flog auch zu den anderen Weisen im Himmel zurück und konnte wieder einmal nur Erfreuliches über dieses erstaunliche Kind berichten. Elisabeth aber wollte ihrer Mutter sofort beim Abendbrot zubereiten helfen. „Mami, ich decke schon mal den Tisch", rief sie fröhlich. „Oh, mein kleiner Schatz hat wohl sehr großen Hunger" dachte die Mutter, während sie das frische Brot in Scheiben schnitt. Und schon war es passiert, sie hatte sich mit dem scharfen Brotmesser in den Finger geschnitten. Es blutete und blutete. „Mami, warte, ich helfe Dir", Elisabeth hatte das Blut gesehen. „Warte", schon legte sie ihre Hand auf die blutende Wunde und ließ ihre besondere Kraft fließen. Schnell war die Blutung gestoppt, die Mutter klebte noch vorsorglich ein Pflaster auf den verletzten Finger und alles war wieder gut. „Warte, Mami, ich puste noch eben schnell, dann geht es Dir besser". Nach einem kleinen Puster umarmte Elisabeth ihre Mutter und gab ihr noch einen Kuss auf die Wange. „Was war das"? fragte die Mutter ganz überrascht. „Hast Du gesehen, wie die Wunde geblutet hat und nachdem Du Deine Hand darauf gelegt hattest, war es vorbei".

„Mami, ich habe Dir Reiki gegeben, damit wird alles gut". Elisabeths Mutter war nun doch sehr erstaunt, sie hatte irgendwann einmal etwas über Reiki gelesen und bei sich gedacht, dass das eine feine Sache sein musste. Aber über ihrer vielen Arbeit hatte sie es dann auch wieder vergessen. Woher wusste die Kleine nur so etwas und wo hatte es etwas darüber gelernt? Am Abend, als Elisabeth schon längst in ihrem Bettchen lag und schlief, setzte sie sich noch an ihren Computer. Jetzt wollte sie es genau wissen, was genau war diese besondere Kraft und woher kam sie? Wo konnte man Reiki lernen? Konnte man überhaupt Reiki lernen? Sie suchte eine Zeit lang im Internet, dann fand sie Antworten auf ihre Fragen.

Reiki ist der japanische Name für universelle Lebensenergie. Zugleich ist es eine Methode, Lebensenergie durch die Hände fließen zu lassen. Reiki aktiviert die Selbstheilungskräfte des Menschen und unterstützt die persönliche Entwicklung. Als Nebeneffekt wirkt es entspannend und tut einfach gut.

Die universelle Lebensenergie unterstützt alles Lebendige in seiner Entfaltung und seinem Ausdruck. Es wirkt sowohl auf den physischen Körper, auf der emotionalen, der mentalen Ebene und auf der spirituellen Ebene. All dies ist für den Praktizierenden spürbar und erfahrbar.

Einmal erlern, fällt es dem Praktizierenden leicht, die Energie durch seine Hände fließen zu lassen, um sich selbst und seine Lebensumwelt zu unterstützen, Reiki entspannend und heilend wirken zu lassen.So erstaunlich die Wirkung am Anfang noch ist, umso schneller wird es zur normalsten Sache der Welt, die Hände aufzulegen und Reiki strömen zu lassen.

Jeder Mensch, innere Bereitschaft vorausgesetzt, kann Reiki erlernen.

Das sollte nun auch ein Teil ihres Lebens werden, dass wusste sie sofort. Sie war so begeistert, dass sie sich gleich im Internet an einer Schule, in der man in Reiki eingeweiht werden konnte, anmeldete. Ja, so sollte es sein. Gleich am nächsten Morgen erzählte sie Elisabeth beim Frühstück, das sie sich in so einer Reiki-Schule angemeldet hatte und heute würde schon der erste Tag sein. Elisabeth wollte mehr wissen. Das fand sie sehr spannend, ihre Mami war doch schon groß, sie war erwachsen und nun wollte sie wieder in eine Schule gehen. Sie selbst ging doch auch noch gar nicht zur Schule. Schnell malte sie ein schönes, buntes Bild für ihre Mami und dann verließen die zwei das Haus. An diesem Nachmittag erzählte sie Mariechen, die wie jeden Tag auf ihrer Bank saß, davon. „Meine Mami geht jetzt in eine Schule, um Reiki zu lernen. Das finde ich schön. Dann können wir zu zweit den Menschen helfen". Mariechen war sehr zufrieden, das gefiel ihr. „Ich muss jetzt schnell zurück nach Hause, Mariechen. Ich möchte meiner Mami noch ein wenig bei der Hausarbeit helfen, schließlich geht sie ja jetzt in die Schule und hat am Morgen nicht so viel Zeit". „Ja, Kind, lauf und hilf Deiner Mami. Das ist eine gute Idee. Und morgen treffen wir uns wieder hier, um ein neues Abenteuer zu erleben". Auch der große, weise, alte Vogel hatte vom Himmel gehört, was Elisabeth erzählt hatte. Er war stolz, mit Hilfe dieses besonderen Kindes würde es wirklich gelingen, die Welt zu verbessern. Wie gut, dass die Weisen es seinerzeit dann doch wieder auf die Erde geschickt hatten.

Im Regenbogenland

Mariechen saß bereits eine Weile auf ihrer Bank, sie freute sich darauf, gleich Elisabeth wieder zu sehen. Ja, sie freute sich wirklich, dieses kleine Kind war etwas Besonderes, es hatte so eine Freude am Leben. So hatte sie früher, als sie noch ein Kind war, auch gefühlt. Eigentlich, wenn sie es sich richtig überlegte, fühlte sie sich jetzt immer noch so, sie hatte zwar den Körper einer alten Frau, hatte in ihrem langen Leben auch schon viel erleben müssen, oft waren es schöne Erlebnisse gewesen, aber auch sehr viele schreckliche oder traurige Ereignisse, an denen sie teilgehabt hatte. Sie wusste, sie würde später in Elisabeth weiterleben, wenn sie einmal ihre große Reise in eine andere Welt angetreten hatte. Das beruhigte sie, vorher jedoch mussten sie Elisabeth noch sehr viel über die Welt und wie sie funktionierte, erklären. Wie gut, dass sie den großen, weisen, alten Vogel als Unterstützung hatte. Schon kreiste der große, weise, alte Vogel über ihr. „Wo bleibt denn unsere kleine Freundin"? fragte er. „Ich weiß nicht, aber sie wird sicher gleich kommen". Schon hörten sie Elisabeth, aber heute hüpfte sie nicht so glücklich und froh über die Straße, wie sie es von ihr gewohnt waren. Die Kleine hatte Tränen in den Augen. In ihren kleinen Händen hielt sie einen Vogel, einen toten Vogel. „Schaut, was ich in unserem Garten gefunden habe, als ich mit meiner Mollie draußen gespielt habe. Ich glaube, der arme Vogel lebt nicht mehr. Sofort als ich ihn gefunden habe, habe ich ihm die Hände aufgelegt und ihn gewärmt und Reiki gegeben, aber er piepst einfach nicht". In ihren Händen sah Mariechen einen kleinen Vogel, er war wohl aus dem Nest gefallen, dass musste aber schon eine Weile her sein. Er war schon ganz kalt und regte sich nicht mehr. Sein kleines Herz hatte aufgehört zu schlagen. „Oh, mein Kind, dieses Vogel-Baby lebt nicht mehr. Wir können hier nichts mehr tun. Beim Sturz aus dem Nest in Eurem hohen Baum hat er sich sicher schwer verletzt. Ich denke, seine Eltern konnten ihn nicht wieder hoch ins Nest bringen, sonst hätten sie ihn ja sicher wieder gewärmt und gefüttert. Sei nicht so traurig, hier konntest Du auch mit Deinem Reiki nichts mehr ausrichten. Aber komm, wir werden Dir etwas zeigen. Lass uns mit Deiner Seifen-Blase ins Regenbogenland fliegen". „Ja, gut", Elisabeth seufzte, sie schluckte noch ein wenig, Mariechen hatte wohl recht. So pustete sie wieder einmal kräftig in ihr Röhrchen und die schon ging die nächste Reise in der bunten Seifen-Blase los. Der große, weise, alte Vogel wies ihnen den Weg. Die bunte Seifen-Blase schwebte durch die

Wolken, der Sonne entgegen. „Wo ist denn das Regenbogenland und was ist das", Elisabeth war nun neugierig geworden, sie hielt aber das kleine Vogelbaby noch in ihren Händen. „Warte noch ein Weilchen, dann sind wir da. Du wirst staunen", gab der große, weise, alte Vogel zur Antwort. Sie schwebten noch ein Weilchen über den Wolken, dann setzten sie ihre bunte Seifen-Blase sanft auf einer riesengroßen, flauschigen Wolke auf. Elisabeth sah sich um. Sie sah, wie viele verschiedene Tiere auf einer großen Wiese fröhlich miteinander spielten, sie fraßen frisches Gras oder anderes Futter. Es gab für alle Tiere genug. Hunde, Katzen, Meerschweinchen, Hamster, Vögel, Mäuse, Schafe, Pferde und allerlei anderes Getier, egal, wo sie auch hin sah, es herrschte ein frohes Treiben. Alle Tiere schienen sehr glücklich zu sein. Aber das Besondere war, das all diese Tiere sich unter einem riesengroßen Regenbogen tummelten. Das ganze fröhliche, bunte Treiben fand unter einem Regenbogen statt. „Hier ist es ja lustig. Und erst der Regenbogen, so einen großen und so bunten Regenbogen habe ich ja noch nie gesehen. Woher kommen all diese Tiere und was machen sie hier"? Der große, weise, alte Vogel setzte zu einer Erklärung an. „Mein Kind, all die Tiere, die Du hier siehst, haben einmal auf der Erde gelebt. Nun leben sie, nachdem sie auf der Erde einen friedlichen Tod gestorben sind, hier glücklich und munter im Regenbogenland weiter". „Das ist ja schön", Elisabeth war begeistert. Schnell ließ sie den kleinen Vogel aus ihren Händen fliegen. Hier im Regenbogenland konnte er wieder leben, seine kleine Seele war ja nun im Regenbogenland angekommen. Fröhlich zwitscherte eine kleine Melodie vor sich hin, dann verschwand er inmitten der anderen Tiere. „Aber", Elisabeth überlegte, vor kurzem hatten sie doch noch die Tiere gesehen, die von den Menschen geschlachtet und gegessen wurden. Was war mit diesen Tieren? Kamen die auch hier ins Regenbogenland? Das musste sie jetzt wissen. „Die Tiere, die von den Menschen getötet werden, kommen auch ins Regenbogenland. Ihr Tod ist zwar nicht friedlich gewesen, aber jedes Tier hat ein Recht auf ein glückliches Leben hier. Diese Seelen dieser Tiere fliegen dann allein hier her, Seelen brauchen keine Seifen-Blase, so wie wir, sie können so frei durch die Luft fliegen, bis sie hier ankommen. Da ist es egal, ob die Menschen ihre Körper bereits aufgegessen haben. Die Seele bleibt frei, sie braucht keinen Körper, um hier her zu kommen. Sobald die armen, gequälten Seelen der Tiere dann hier unter dem großen Regenbogen ankommen, nehmen sie wieder die Gestalt des Tieres an, die sie in ihrem Leben auf der Erde auch gehabt haben", hatte der große, weise, alte Vogel ihr erklärt. „Wenn ich wieder einmal einen toten Vogel in unserem Garten finde, soll ich ihn dann begraben? Kommt er dann auch hier her"? „Ja, mein Kind. Ich sehe, Du hast verstanden. Jedes Tier hat eine Seele, das darfst Du niemals vergessen. Und jedes Tier, das gestorben ist, sollte einen würdigen Abschied aus dem Leben bekommen. Also, begrabe es vorsichtig, wenn Du eines findest. Du kannst gerne ein kleines Blümchen an die Stelle pflanzen. Die Seele des Tierchens wird sich freuen und schon glücklich hier im Regenbogenland ankommen. Du kannst jetzt noch ein wenig mit den Tieren hier spielen und dann fliegen wir wieder nach Hause". So ging es noch eine Weile, Elisabeth spielte mit den Hunden Fangen, sie streichelte die Katzen, die vor Wohlbehagen miauten. Sie ritt sogar auf einem kleinen Pony, während ein Schwarm Vögel um sie herum flog und das Ganze mit einem fröhlichen Gesang begleitete. „So, Elisabeth, wir müssen jetzt los, komm", rief Mariechen. Schwupps, Elisabeth hatte wieder in ihr Röhrchen gepustet und sie schwebten langsam durch die Wolkendecke davon. Das war ein feiner Spaß gewesen, sie kuschelte sich in Mariechens Arm und schlief ein. Als sie wieder Zuhaus ankamen, erklärte der große, weise, alte Vogel ihr noch etwas. „Elisabeth, hör mir noch einmal zu. Das Regenbogenland befindet sich am Ende des Regenbogens. Immer, wenn Du am Himmel einen schönen Regenbogen sehen kannst, reisen die Seelen der Tiere dort hin. Du darfst Dich dann immer freuen, weil die Seelen der Tiere in ihr neues, glückliches Zuhause. Sei nicht so traurig, wenn ein Tier gestorben ist. Du weißt jetzt, wo es weiter lebt. Aber behandle es auf der Erde immer mit Respekt"! „Ja, das will ich tun", antwortete Elisabeth. Sie ging nun schnell nach Hause zu ihrer Mutter und erzählte ihr die

Geschichte von dem kleinen Vogel, den sie gefunden hatte und wie er nun fröhlich im Regenbogenland weiter lebte. „Ach, welch ein glückliches Kind", dachte die Mutter bei sich. „Das wird daran liegen, dass sie mir vom Himmel geschickt wurde. Sie ist wie ein kleiner Engel, so klein und doch schon so weise und voller Phantasie". Mariechen ging nach der heutigen Reise in der bunten Seifen-Blase auch sehr glücklich nach Hause. Das war wieder einmal ein schöner Nachmittag gewesen, sie hatte sich an der Kleinen so gefreut. Ja, die kleine Elisabeth bereitete ihr wirklich viel Freude. Es war eine große Aufgabe, ihr all das Wissen, dass sie noch benötigen würde, um die Welt zu verbessern, zu vermitteln. Der große, weise, alte Vogel aber flog auch heute wieder hoch über die Wolken zu den anderen Weisen. Er erzählte ihnen ausführlich, wie behutsam Elisabeth mit dem kleinen, toten Vögelchen umgegangen war, wie sie es zärtlich in den Händen gehalten hatte und versucht hatte, es zu wärmen und mit Reiki zu helfen. Aber mit viel Freude erzählte er, welchen Spaß Elisabeth dann im Regenbogenland gehabt hatte, wie schön sie mit den Tieren gespielt hatte, wie sich freute, als das kleine Vögelchen munter davon geflogen war. Die anderen Weisen waren zufrieden, sie hatten eine richtige Entscheidung getroffen, davon waren sie immer überzeugt, als sie seinerzeit Elisabeth doch wieder auf die Erde geschickt hatten.

Krankheiten

An einem Freitag Nachmittag ging Elisabeth wieder einmal über die Straße zu der Bank, auf der Mariechen schon wartete. Auch der große, weise, alte Vogel war schon da und freute sich, Elisabeth zu sehen. „Mariechen, heute hat die Kindergärtnerin erzählt, dass Sabrina krank ist. Sie musste ins Krankenhaus, weil ihr Blinddarm krank ist. Was ist ein Krankenhaus"? wollte Elisabeth wissen. „Was macht man da?" Sie wollte heute schon beim Mittagessen ihre Mutter fragen, aber die hatte nicht so viel Zeit, weil sie noch wieder in den Laden musste. „Elisabeth, ein Krankenhaus ist ein großes Haus, in das die Menschen gehen müssen, wenn sie schwer krank geworden sind. Da arbeiten viele Ärzte, Krankenschwestern und Krankenpfleger. Sie helfen den kranken Menschen, wieder gesund zu werden. Sie werden auch der kleinen Sabrina helfen, damit es ihr bald wieder besser geht. Da bin ich sicher". „Aber wie machen sie das", Elisabeth konnte sich so etwas nicht vorstellen. Sie war ja auch schon mal krank gewesen, hatte einen Schnupfen oder Bauchweh gehabt. Bauchweh hatte sie meistens bekommen, wenn sie zu viele Süßigkeiten gegessen hatte, darum war sie jetzt vorsichtiger geworden und aß nicht mehr so viele süße Sachen auf ein Mal. „Hat Sabrina auch zu viele Süßigkeiten gegessen? Davon bekomme ich immer Bauchweh, muss ich dann auch in ein Krankenhaus gehen"? Das waren so viele Fragen, die Mariechen gar nicht so schnell alle beantworten konnte. „Mein Kind, es gibt so viele Krankheiten, das können wir Menschen uns gar nicht vorstellen und nicht wissen. Immer wieder werden neue Krankheiten entdeckt und erforscht. Manche Krankheiten lassen sich mit Medikamenten gut behandeln, manche aber nicht. Wir werden Dir jetzt mal ein Krankenhaus zeigen. Vielleicht kannst Du ja sogar Deine Freundin Sabrina besuchen"… Elisabeth pustete in ihr Röhrchen und schwupps ging die Reise in der bunten Seifen-Blase los. Der große, weise, alte Vogel führte sie zu einem kleinen Krankenhaus in der Stadt. Dort landeten sie vorsichtig auf dem Dach und suchten nach einem Eingang. Elisabeth staunte, hier liefen nur weiß gekleidete Menschen herum, manchmal sah sie Erwachsene, die einen Mundschutz und eine grüne Haube trugen. Das war ihr ein wenig unheimlich, sie bekam etwas Angst und nahm schnell Mariechens Hand. „Komm, wir schauen uns zuerst einmal die Kinder-Station an, vielleicht finden wir hier Sabrina". So gingen die zwei Hand in Hand die langen Gänge entlang, der große, weise, alte Vogel wartete vorsichtshalber auf dem Dach. In ein Krankenhaus konnte er nun wirklich nicht hinein gehen, das wusste er. Nachdem unsere zwei Freunde eine Zeit lang gesucht hatten, fanden sie die Kinder-Station. Hier waren die Wände bunt bemalt, aus manchen Zimmern hörte man fröhliche Kinder-Stimmen. Sogar ein Spielzimmer gab es. In einem der Zimmer fanden sie Sabrina, die gerade schlief. Elisabeth sagte ganz leise und vorsichtig: „Sabrina, hallo, wie geht es Dir? Warum schläfst Du denn gerade, es ist doch nachmittags, es ist doch noch keine Nacht". Langsam schlug Sabrina die Augen auf, sie war noch sehr müde von der Narkose, die sie während der Operation gehabt hatte. „Elisabeth, wie kommst Du denn hier her? Und, wer ist das?" Schon fielen ihr die Augen wieder zu. Unsere Freunde warteten noch einen Moment, dann hatte Elisabeth eine Idee. Sie legte Sabrina die Hände auf und gab ihr ein wenig Reiki. Schon war Sabrina wieder wach. „Was ist denn mit Dir los?", wollte Elisabeth wissen. „Ach, ich weiß auch nicht so genau. Ich hatte gestern Nachmittag plötzlich ganz doll Bauchweh, mir war schlecht und ganz heiß. Meine Mami hat dann Fieber gemessen und ganz besorgt geguckt. Wir müssen sofort zum Kinderarzt hat sie gesagt. Der Doktor hat dann ein wenig auf meinem Bauch herum gedrückt und ich musste schreien. Dann hat der Doktor meiner Mami gesagt, dass sie mich sofort ins Krankenhaus bringen muss, weil mein Blinddarm entzündet ist. Und ich habe ganz doll geweint, weil ich Angst hatte. Ich war doch noch nie in einem Krankenhaus und wollte da nicht hin. Aber meine Mami hat mich dann direkt hier her gebracht, ein Doktor kam und hat noch einmal auf meinen Bauch gedrückt und ich habe wieder geschrien. Das war nicht schön. Dann hat er gesagt, wir müssen sofort operieren. Und ich habe ganz doll geweint, weil ich nicht wusste, was er tun will. Er hat mir aber erklärt, dass er mir erst eine Medizin gibt, von der ich ganz müde werde und schön träume. Wenn ich schlafe, schneidet er vorsichtig in meinen Bauch und holt den Übeltäter, den Blinddarm, heraus. Und wenn der draußen ist, geht es mir nach ein paar Tagen wieder besser, sagte er. Und schon ging es los, ich habe die Medizin genommen und geschlafen, jetzt seid Ihr hier. Aber, wo ist meine Mami"? „Ich denke, Deine Mami wird gleich kommen. Schlaf noch ein wenig und dann wird sie sicher da sein. Morgen geht es Dir schon wieder viel besser, Du wirst sehen", beruhigte Mariechen die kleine

Sabrina. Die hatte aber die Augen schon wieder geschlossen und schlief ruhig vor sich hin. „Siehst Du, Elisabeth, in einem Krankenhaus wird den Kranken geholfen. Lass uns weiter gehen, Sabrina wird schlafen und bald geht sie wieder in den Kindergarten". So schlossen sie leise die Tür zu Sabrinas Zimmer und gingen durch die langen Flure. Sie kamen an ein Zimmer, dessen Tür weit geöffnet war. Im Bett lag eine alte Frau, die traurig an die Decke starrte. Sie gingen vorsichtig hinein. „Hallo", Mariechen hatte ganz leise gesprochen, sie wusste nicht genau, ob die alte Frau schlief. „Hallo, wer sind Sie", fragte die alte Frau. „Wie geht es Ihnen? Sie sehen so traurig aus, was ist denn los"? „Ach, wissen Sie", gab die alte Frau zur Antwort, „ich bin so alt, ich habe Schmerzen, bin allein und einsam. Meine Kinder haben keine Zeit, mich zu besuchen. Sie müssen den ganzen Tag in die Arbeit gehen und an den Wochenenden gehen sie lieber aus, als mich, eine alte Frau, besuchen zu kommen. Das macht mich sehr traurig". „Ja, das glaube ich. Dürfen wir zwei ein wenig bei Ihnen bleiben? Ich zeige der kleinen Elisabeth gerade das Krankenhaus und so sind wir an Ihrer Tür vorbei gekommen". „Aber gerne doch", die alte Frau freute sich, sie starrte nicht mehr an die Decke, sondern sie musterte jetzt unsere zwei Freunde. „Die Ärzte sagen, ich habe Krebs und müsse bald sterben. Aber eigentlich möchte ich gar nicht sterben, ich möchte vorher noch einmal meine Kinder und Enkelkinder sehen. Im Moment nur kann ich nicht aufstehen, weil ich solche Schmerzen habe und wenn ich versuche, mich im Bett hinzusetzen, wird mir schwindelig. Dann muss ich wieder weinen. So muss ich hier wohl liegen bleiben und auf den Tod warten". Wie es war, wenn einem schwindelig wurde, das wusste Elisabeth, das war ihr schon mal geschehen, als sie zu lange Karussell gefahren hatte. „Mariechen, was ist ein Krebs denn für eine Krankheit? Ein Krebs ist doch ein Tier, ich habe schon einmal welche gesehen, als ich mit meiner Mami am Strand war". „Ja, Elisabeth, da hast Du wohl recht, Krebse sind ganz putzige Tierchen. Aber Krebs ist auch eine sehr schwere Krankheit. Sie zerfrisst die Menschen von innen, das passiert, wenn ein Mensch unglücklich oder lange traurig ist. Die unglücklichen Gedanken, die der Mensch hat, beginnen, ihn zu zerfressen. Wenn er lange keine Freude mehr hatte und immer nur traurig war, breitet sich der Krebs in seinem Körper aus. Der Krebs wächst und gedeiht, er ernährt sich von den traurigen Gedanken. Das kann so lange dauern, bis dieser traurige Mensch dann stirbt, weil die Krankheit die Macht über den Körper gewonnen hat. Also, müssen wir dafür sorgen, dass wir und auch die anderen Menschen immer Freude am Leben haben". Elisabeth und Mariechen sahen sich an, sie wussten, sie konnten der alten Frau helfen. „Elisabeth, gib Du der guten Frau mal etwas Reiki mit Deinen kleinen Händen, dann wird sie sich etwas besser fühlen und dann machen wir eine kleine Reise". „Das ist eine gute Idee, Marie-chen". So legte Elisabeth ihre kleinen Hände auf den Kopf der alten Frau und ließ die besondere Kraft des Reiki fließen. Nach einem kleinen Moment fühlte sich die alte Frau etwas besser. Sie setzte sich im Bett auf und ihr wurde nicht mehr schwindelig. Sogar die Schmerzen waren verschwunden. Vorsichtig halfen sie der alten Frau beim Anziehen und schoben sie in einem Rollstuhl zum Aus-gang. Dort wartete schon der große, weise, alte Vogel auf die Drei. Elisabeth holte ihr Röhrchen aus der Hosentasche, pustete hinein, sie hielten die alte Frau gemeinsam fest an den Händen und schwebten in der bunten Seifen-Blase davon. Der große, weise, alte Vogel wies ihnen, wie immer, den Weg. Er hatte sich schon umgesehen und wusste, wo die Kinder und die Enkelkinder der alten Frau wohnten. So flogen sie in ihrer bunten Seifen-Blase zu einem großen Haus und landeten vorsichtig auf dem Rasen. Die alte Frau war sehr verwirrt, sie wusste nicht, ob sie träumte oder was das hier war. War sie wirklich in einer Seifen-Blase geflogen oder träumte sie einfach nur etwas Schönes? Sie wusste es nicht. Dann erfüllte ein glückliches Lächeln ihr Gesicht. Sie war zuhause. Sie war bei dem Haus, was sie früher als junge Frau gemeinsam mit ihrem Mann aufgebaut hatte. Sie erkannte es wieder, sogar in ihrem Garten blühten in den Beeten, die sie seinerzeit so liebevoll ange-legt hatte, noch sehr viele bunte Blumen, genau wie früher. Schon hörte sie Stimmen, Stimmen, die sie kannte. Ihre Kinder, die ja nun schon erwachsen waren und selbst Kinder hatten, saßen auf der Terrasse beim Nachmittags-Kaffee. Die Enkelkinder saßen auf einer großen Schaukel, ein kleines Baby lag auf einer Decke auf dem Rasen. Ja, das war fein, sie hatte sich so gewünscht, all ihre Lieben noch einmal zu sehen, bevor sie sterben musste. „Hallo", sagte sie vorsichtig. Aber keiner hörte sie. „Hallo", sagte sie etwas lauter. Da bemerkte ihre Tochter, dass ihre Mutter da war. „Mutti, wo kommst Du denn her? Wie bist Du hier her gekommen"? Die alte Frau sah, dass ihre Tochter ein schlechtes Gewissen bekam. Ihr war nicht ganz wohl bei der Sache, aber dann setzte sie sich und erzählte ihrer Tochter alles. Wirklich alles, wie sie krank geworden war, wie einsam und allein sie sich fühlte, wie starke Schmerzen sie hatte und das sie bald sterben müsse. Wie traurig sie war, dass sie ihre Kinder und die Kleinen nicht sehen konnte. „Oh, Mutti, das konnten wir ja nicht ahnen", die Tochter war entsetzt, „wir haben vor lauter Arbeit das Wichtigste, was es im Leben gibt, vergessen. Es tut mir so unendlich leid. Wie können wir das nur wieder gut machen? Wir können wir Dir helfen? Ach, ich weiß schon, wir werden Dich nach Hause holen, Du wirst hier bei uns wohnen, bei Deiner Familie, wir werden für Dich da sein. Ich werde Dich pflegen und die Kinder können Dir vorlesen, Du kannst das Baby auf dem Schoß halten und es in den Schlaf wiegen. Ja, wir werden gemeinsam essen und gemeinsam leben. Solange Du lebst". Mariechen mischte sich ein, sie waren aus ihrem Versteck hinter der Hecke hervorgetreten, als sie sahen, dass sich hier alles zum Guten wenden würde. „Ja, das ist eine gute Idee. Das sollten Sie tun. Ihre Mutter wird hier sehr glücklich werden, mit der Zeit wird sich der Krebs zurück ziehen, weil er keine Nahrung im Körper Ihrer Mutter findet. Alles wird gut werden und Ihre Mutter kann zufrieden und würdevoll im Alter leben. Kein Mensch sollte einsam und unglücklich sein". Elisabeth wusste, hier war ihre Arbeit getan, sie pustete in ihr Röhrchen und Mariechen und sie schwebten, begleitet von dem großen, weisen, alten Vogel davon. Die alte Frau konnte sie wohl behütet in ihrer Familie zurück lassen. Sie sahen noch aus ihrer Seifen-Blase, wie sich die beiden Frauen umarmten und hörten die Kinder fragen, wer denn die alte Dame sei. Am nächsten Tag ließ die Familie alle Sachen der alten Frau ins Haus bringen, damit sie sich daheim fühlen konnte. Das war sie aber schon, daheim ist man, wo das Herz und die Seele wohnen können. Die alte Frau erholte sich sehr schnell und es kam, wie Mariechen es vorausgesagt hatte, die schreckliche Krankheit Krebs zog sich mehr und mehr zurück, bis sie ganz verschwunden war. Elisabeth erzählte am Abend ihrer Mutter davon, dass ihre Freundin Sabrina im Krankenhaus war. Das Geheimnis der alten Frau aber behielt sie für sich. „Elisabeth, lass uns morgen einmal zu Sabrina ins Krankenhaus gehen, sie wird sich sicher freuen". „Ja, Mami, das machen wir". Mariechen ging wieder einmal zufrieden nach Hause, sie dankte ihrem Gott dafür, dass ihr Körper nicht von schrecklichen, traurigen Gedanken zerfressen wurde. Sie war eigentlich nie traurig, nein, im Gegenteil, sie freute sich jeden Tag darauf, die kleine Elisabeth zu sehen. Der große, weise, alte Vogel konnte hoch oben über den Wolken den anderen Weisen davon erzählen, wie sie einer alten, einsamen, traurigen Frau eine große Freude gemacht und ihr so das Leben gerettet hatten. Die anderen Weisen über den Wolken waren sehr zufrieden, als sie das hörten. So sollte es sein, das war Elisabeths Aufgabe auf der Erde. Und bisher hatte sie ihre wichtige Aufgabe sehr gut erfüllt, sie waren zuversichtlich, dass es so weiter gehen würde.

Religion und Krieg

Elisabeths Gruppe im Kindergarten hatte heute Vormittag die Kirche im Ort besucht, alle Kinder waren sehr neugierig geworden und hatten alles ganz genau untersucht und beobachtet. Sie hatten gemeinsam mit der Kindergärtnerin und dem Pastor ein Gebet gesprochen und ein Lied gesungen. Dann durften sie noch etwas spielen und gingen danach nach Hause. „Mami, hast Du schon einmal gebetet", wollte Elisabeth beim Mittagessen wissen.

„Natürlich, mein Kind. Ich danke Gott jeden Abend dafür, dass er Dich mir geschenkt hat". Am Nachmittag traf sich Elisabeth dann wieder mit Mariechen, sie erzählt ihr direkt von ihrem Besuch in der Kirche und auch, dass ihre Mami jeden Abend ihrem Gott dankte. Aber, wer war nun eigentlich Gott, Elisabeth wollte auch zu ihm beten. Das war wieder alles sehr spannend. „Elisabeth, weißt Du, es gibt sehr viele Religionen. Auf der ganzen Welt beten Menschen verschiedene Götter an. Das ist ihr gutes Recht und sehr wichtig für die Menschen. Es gibt nicht nur einen Gott, nicht nur eine Religion, wichtig ist, dass die Seele des Menschen in der Religion ein Zuhause findet. In welcher Religion darf uns Menschen nicht wichtig sein, es ist unsere Pflicht, dass zu akzeptieren". Schon kam der große, weise, alte Vogel herbei, er hatte noch Mariechens letztem Satz zugehört, dann forderte er unsere beiden Freunde auf, ein wenig mit ihm zu kommen. Elisabeth pustete also wieder in ihr Röhrchen, sie hielt Mariechens Hand ganz fest und schon schwebten sie davon. „Wohin fliegen wir denn heute? Fliegen wir ganz hoch zum lieben Gott? Wohnt Gott etwa hoch oben über den Wolken? Und … wollen wir ihn jetzt besuchen"? „Nein, wir werden in ein fernes, heiliges Land fliegen, dort werde ich Dir etwas zeigen". So schwebten sie eine Weile in ihrer bunten Seifen-Blase vor sich hin, bis der große, weise, alte Vogel sagte, dass sie gleich die bunte Seifen-Blase landen sollten. „Da vorne seht Ihr das Dach einer Moschee, landet bitte dort bitte vorsichtig". Gesagt, getan. Elisabeth sah sich um, das war vielleicht ein komisches Land. Die Menschen hier waren alle verkleidet. Die Männer trugen weiße Gewänder, die ihnen bis zu den Füßen reichten, ihre Köpfe waren mit weißen Tüchern verhüllt. Frauen, die in schwarze, lange Gewänder eingehüllt waren, sah sie nur sehr wenige. Sie fragte sich, warum die Frauen das Gesicht verhüllt hatten, nur ein kleiner Schlitz für die Augen war noch zu sehen. Das musste aber sehr heiß unter dem Gewand sein und warum trugen die Menschen hier so etwas? Nachdem sie noch einmal umgesehen hatte, sah sie auch Männer, die Uniformen und schwere Waffen bei sich trugen, was machten die denn hier? „Was ist denn hier los? Warum tragen die Menschen hier alle so merkwürdige Kleider"? Das konnte sie sich nicht erklären, aber der große, weise, alte Vogel würde sicher Bescheid wissen. „Mein Kind, hör zu. Es gibt in unserer Welt viele verschiedene Menschen, die auch an viele verschiedene Götter glauben. In diesem Land glauben die Menschen an einen Gott, an eine Religion, die sehr streng ist. Diese Religion schreibt auch die Kleidung der Menschen vor, die Menschen sind sehr gottesfürchtig und halten sich streng an die Regeln, weil sie glauben möchten, dass sie nach dem Tod in ihrem Paradies weiter leben. Wir werden uns jetzt weiter umsehen. Seid vorsichtig und folgt der Straße bis zum Ende". Unsere zwei Freunde spazierten los, bis sie am Ende der Straße eine Kirche entdeckten. So eine Kirche wie die, die Elisabeth am Vormittag mit ihrem Kindergarten besucht hatte. Aber diese Kirche sah nicht mehr so schön aus, wie die, die Elisabeth gesehen hatte. Die Fenster waren kaputt, sie waren alle zerschlagen worden, Elisabeth sah sogar Löcher in den Türen. Die Kirche musste einmal sehr prachtvoll gewesen sein, aber jetzt war sie zerstört. „Was ist denn hier passiert"? wollte sie gerade von dem großen, weisen, alten Vogel wissen, als ein Mann, der ganz anders aussah, als die Männer, die sie vorhin auf der Straße gesehen hatten, durch eine kleine Tür kam. „Ach, wisst Ihr", begann er zu erzählen, „es ist so traurig. Die Menschen hier streiten sich schon seit Jahrhunderten, welcher Gott nun wohl der wahre Gott ist. Sie können nicht akzeptieren, dass alle Menschen die Freiheit haben sollten, an den Gott und an die Religion zu glauben, in der sie sich Zuhause fühlen können. Nein, sie bekämpfen sich mit Waffen und Panzern. Kirchen werden zerstört, damit wir nicht mehr beten können. Lange Jahre schon trafen wir uns heimlich in dieser Kirche, bis die Soldaten es dann doch bemerkten und unsere schöne Kirche zerstören wollten. Die Löcher da vorne in der Tür sind durch die vielen Schüsse aus den Maschinenpistolen entstanden. Es war einfach schrecklich, aber glücklicherweise hat keine der Kugeln einen Menschen verletzt oder getötet. Ich wünschte, dieser Krieg und die Kämpfe darum, welcher Gott nun der bessere oder der mächtigste ist, würden endlich ein Ende nehmen und alle Menschen könnten wieder in Frieden leben". Traurig war er, der alte Mann, das sahen Mariechen und Elisabeth. Was konnten sie hier nur tun? Die Soldaten mit den großen, schweren Waffen machten ihnen schon Angst, aber es musste etwas geschehen, das stand fest. Schon hörten sie auf der Straße Schüsse und Schreie. Menschen rannten auseinander, einige bluteten und andere waren verletzt. So konnte es nicht weiter gehen. Da hatte unsere mutige Elisabeth eine Idee. Sie pustete in ihr Röhrchen und rollte dann vorsichtig allein in ihrer bunten Seifen-Blase auf die Straße nach draußen. In der Seifen-Blase würden sie keine Schüsse treffen, sie war durch die leuchtende, bunte Hülle geschützt. Die Soldaten und auch die anderen Menschen staunten nicht schlecht. So etwas hatten sie ja noch nie gesehen, so etwas war noch nie da gewesen. Was konnte das sein? Sie bekamen Angst und es dauerte nicht lange, da rollten die ersten Panzer an, sie sollten die komische Kugel beseitigen. In einem der Panzer saß ein Soldat, er hatte die Anweisung bekommen, die komische, fremde Kugel zu beschießen und damit zu zerstören. Diese Kugel hatte sicher nichts Gutes zu bedeuten. Keiner wusste, welche Gefahr von ihr ausging. Also richtete der Soldat seine Waffe ein und begann sie auf das Ziel auszurichten. Durch sein Fernrohr sah er dann etwas, was er nicht glauben konnte. In der komischen, bunten Kugel saß ein Kind. Er war erschüttert, fast hätte er ein Kind erschossen. Nein, das konnte nicht sein! Er hatte doch selbst zwei kleine Töchter, die zuhause auf ihn warteten. Aber, was ging hier vor sich? Der Soldat gab einen Funkspruch an seine Kameraden weiter, „ich kann nicht schießen, in der Kugel sitzt ein Kind. Ich will kein Kind töten. Bitte, bitte, schießt nicht, schießt nicht auf ein Kind"! Er weinte. Das war natürlich sehr merkwürdig, ein Soldat, der nicht schießen konnte, ein Soldat, der weinte, eine große, bunte Kugel auf einer Straße mit einem Kind darin. „Was sollen wir tun"? Die Soldaten waren sich einig, sie ließen ihre Panzer zurück rollen und beobachteten, was weiter geschah. Auch die Menschen auf der Straße, die sich vor einem Moment noch bekämpft hatten, hielten inne. Sie hatten das Kind in der bunten Kugel auch gesehen. Keiner traute sich, sich noch zu rühren, keiner traute sich an die bunte

Kugel heran. Plötzlich hörten sie alle eine Stimme aus der Kugel. „Warum bekämpft Ihr Euch? Warum tötet Ihr Euch gegenseitig? Warum mögt Ihr Euch nicht? Ist es wegen Eurem Gott? Dann hört mir zu. Jeder Mensch sollte die Freiheit haben, zu dem Gott zu beten, bei dem er sich Zuhause fühlt. Kein Mensch darf einen anderen Menschen wegen seiner Religion töten, das kann doch kein Gott wollen. Und hier ist doch heiliges Land, das hat mir der große, weise, alte Vogel gesagt. Da darf man doch nicht töten! Warum betet Ihr nicht gemeinsam"? Im selben Augenblick trat der große, weise, alte Vogel heran, er musste Elisabeth, die ja noch immer in der bunten Seifen-Blase saß, helfen. „Ja, das Kind hat Recht, hört auf, Euch zu bekämpfen, die Kirchen der anderen zu zerstören. Jeder Mensch ist frei und die Seele des Menschen auch, sie wird immer beten. Kein Gott hat gewollt, dass für ihn getötet und zerstört wird. Schluss jetzt mit dem Krieg hier! Wenn ein Mensch zu einem Gott betet, dann betet er für das Leben. Das müsst Ihr wissen!" Alle Menschen, die das gehört hatten, fielen auf die Knie, sie schämten sich. Sie hatten jahrhundertelang Kriege geführt, um ihre, die einzig wahre, Religion zu verteidigen. Dabei hatten sie aus den Augen verloren, was sie eigentlich taten. Sie dienten nicht mehr ihren Göttern, sie töteten und zerstörten rücksichtslos. Sie zerstörten ihr Land, ihr heiliges Land. Heilig war das Land schon lange nicht mehr, dafür hatten sie alle selbst gesorgt. Sie hatten alle eine sehr große Schuld auf sich geladen. Erst musste ein kleines, blondes Mädchen in einer großen, bunten Kugel kommen, um ihnen das klar zu machen. Sofort beteten sie, sie beteten gemeinsam. Es war nun egal, wer welchen Gott anbeten wollte, sie alle mussten um Vergebung bitten. Wie gut, dass dieses kleine Mädchen ihnen erschienen war. Hier wurde nun alles wieder gut, nach dem Gebet begannen die Menschen dann, die Verwundeten zu versorgen, sie begruben die Toten, die sie in ihrer Verstandslosigkeit umgebracht hatten und baten sie um Vergebung, dann räumten sie gemeinsam die Straßen auf und versuchten, die Häuser zu reparieren, die sie zerstört hatten. Ach, wie dumm waren sie gewesen.

Der große, weise, alte Vogel hatte Mariechen, die das alles aus der Kirche beobachtet und für Elisabeth gebetet hatte, gerufen. Hier war ihre Aufgabe erfüllt, die Menschen würden in Frieden und Gemeinschaft leben können. So zauberte unsere Elisabeth schnell eine neue, bunte Seifen-Blase und sie schwebten alle drei davon. Die Menschen auf den Straßen schauten der bunten Seifen-Blase noch ein wenig hinterher, sie beteten noch einmal für die drei, dann widmeten sie sich ihren Arbeiten. Sie hatten noch sehr viel zu tun, das wussten sie, bis ihr heiliges Land endlich wieder ein heiliges Land sein würde. „Wie gut, dass wir unsere bunten Seifen-Blasen haben, nicht wahr, Mariechen", plapperte Elisabeth noch ein Weilchen, bevor sie in Mariechens Armen einschlief. Der große, weise, alte Vogel wies ihnen den Weg zurück nach Hause. Er war wieder einmal sehr zufrieden, wie immer, wenn diese zwei besonderen Menschen heil zurück gekehrt waren, würde er seinen Freunden hoch über den Wolken vom heutigen Tag erzählen. Mariechen lag am Abend müde in ihrem Bett, sie war froh, dass ihrer kleinen Freundin nichts zugestoßen war. Gut, dass die bunte Seifen-Blase Elisabeth beschützt hatte. Dann schlief sie ein. „Mariechen, mach Dir keine Sorgen. Elisabeth wird nichts zustoßen, sie wird für immer beschützt sein. Sie ist ein ganz besonderes Kind, das wissen wir beide", ihr lieber Mann, der ja schon so früh verstorben war, hatte im Traum zu Mariechen gesprochen. Elisabeth aber sprach vor dem Abendessen gemeinsam mit ihrer Mutter noch ein kleines Gebet, mit dem sie dem lieben Gott dafür dankte, dass sie nun auf der Erde war und so vielen Menschen helfen konnte.

Im Schloss der alten Menschen

Mariechen wartete auf ihrer Bank, sie schaute sich an, wie das Laub der Bäume sich langsam bunt färbte, es wurde nun bald Herbst. Der Sommer würde gehen, vielleicht gab es aber im Herbst auch noch einige schöne, sonnige Tage, dachte sie bei sich. Sie hatte es gut, sie trug ihre eigene Sonne im Herzen, sie war immer zufrieden und auf eine seltsame, ruhige Art und Weise war sie glücklich. Zufriedene Menschen leben glücklich, sie bleiben gesund, egal, ob die Sonne scheint oder nicht, egal, wie das Wetter ist, ob die Nachbarn und die Mitmenschen schlechte Laune haben. Ein zufriedener Mensch trägt eine unglaubliche Ruhe in sich und lässt sich diese Ruhe auch nicht so schnell nehmen. Das ist eine besondere Gabe, die den Menschen vor Krankheiten schützt und ihm ein langes Leben beschert. Schon erschien ein Lächeln auf ihrem Gesicht, sie sah, wie die kleine Elisabeth ihr schon aus dem Garten fröhlich winkte. Dieses Kind erfüllte ihr Herz mit großer Freude, sie machte sich allerdings auch ein bisschen Sorgen, ob ihre Zeit auf dieser Welt noch ausreichen würde, um dem Kind alles über die Welt und das Leben zu erklären, was es wissen musste. „Hallo, Mariechen, wie geht es Dir"? Schon kreiste auch der große, weise, alte Vogel über ihnen. „Mariechen, heute war ich mit meiner Kindergartengruppe in einem Altenheim. Wir haben den alten Menschen etwas vorgesungen. Das hat mir Spaß gemacht und ich habe gesehen, wie sich die alten Leute gefreut haben. Aber was ist eigentlich genau ein Altenheim? Und warum wohnen da so viele Leute? Haben denn die alten Leute kein Zuhause"? Mariechen schluckte, sie hatte Glück, dass es ihr in ihrem hohen Alter immer noch so gut ging. Das war beileibe nicht selbstverständlich, sie wusste, dass ihr zufriedenes Leben sehr viel dazu beigetragen hatte. „Elisabeth, ein Altenheim ist ein großes Haus", begann sie mit ihrer Erklärung, in dem viele alte Menschen leben. Diese Menschen sind manchmal schon sehr krank und können sich nicht mehr alleine versorgen, manche können sich nicht mehr alleine waschen oder anziehen, andere können sich keine Mahlzeit mehr alleine zubereiten. Sie werden oft vergesslich und können den Alltag einfach nicht mehr alleine bewältigen. Dann brauchen sie andere Menschen, die sie versorgen". „Ja, aber, wir haben doch auch die alte Frau aus dem Krankenhaus zu ihrer Familie gebracht. Dann wurde doch alles gut. Warum leben diese Leute nicht bei ihren Familien"? „Ach, Kind, wenn es doch immer so einfach wäre. Leider haben

manche alten Leute keine Angehörigen, keine Familie mehr. Oder
sie haben gar keine Kinder, die jetzt mit ihnen leben könnten.
Manchmal haben die Kinder aber auch nur eine ganz kleine Wohnung, in der für die Eltern wirklich kein Platz ist. Manche alten
Leute sind aber auch schwer krank geworden, so dass sie nicht
mehr bei ihren Kindern leben können, weil es zu gefährlich wäre.
Es gibt aber auch alte Leute, die nicht bei ihren Kindern leben, weil
die Kinder sie einfach nicht wollen. Diese erwachsenen Kinder
denken nur an sich, sie wollen arbeiten und viel Geld verdienen,
sich ein großes Haus und ein großes Auto kaufen, in den Urlaub
fliegen, andere Reisen machen. Dabei vergessen sie, dass sie hier
ihre Zeit und ihr Geld für materielle Dinge opfern. Kein Auto, kein
Haus, keine noch so schöne Reise kann einem die Liebe geben, die
ein Mensch geben kann. Das verstehen sie nur nicht, sie denken
nicht daran, dass ihr schönes Auto irgendwann ein altes Auto ist,
dass das schöne Haus mit den Jahren auch nicht mehr so schön ist
und Reparaturen erfordert. Oft besuchen sie ihre alten Eltern nicht
einmal, weil sie keine Zeit oder auch keine Lust haben. Ja, so ist
das". Das konnte Elisabeth nicht verstehen, sie wollte ihre Mami
niemals alleine lassen. „Wenn meine Mami alt ist, werde ich ihr
helfen, ich werde ein schönes großes Haus haben, in dem wir wohnen können". Der große, weise, alte Vogel hatte den beiden zugehört, er schlug vor, nun eine kleine Reise zu machen. So pustete
Elisabeth in ihr Röhrchen, sie fassten sich an den Händen und schon
schwebten sie in ihrer bunten Seifen-Blase davon. „Landet gleich
vorsichtig auf der großen, grünen Wiese da vorne", wies der große,
weise, alte Vogel sie an. „Wo sind wir denn hier"? wollte Elisabeth
wissen. „Das hier ist ein Altenheim, wir Weisen im Himmel
nennen es aber das Schloss der alten Menschen, lasst uns ein wenig
hinein gehen und ich werde Euch alles zeigen". Mariechen nahm
Elisabeth an die Hand, der große, weise, alte Vogel marschierte
voran. Er konnte sich hier frei bewegen, für die Menschen hatte er
sich unsichtbar gemacht. Schließlich wollte er die alten Menschen
nicht erschrecken, sie hätten ihn sicher hinaus gescheucht, wenn sie
ihn gesehen hätten. Einen Vogel sah man natürlich nicht gerne in so

einem Altenheim, das war ihm klar. Sie gingen in einen großen, hellen, freundlich eingerichteten Raum. Hier saßen gerade viele alte Menschen bei Kaffee und Kuchen. Manche konnten noch allein essen, andere brauchten Hilfe von den Pflegern. Über dem Raum lag eine schöne, angenehme Ruhe, das spürte sie sofort. Nach dem Essen setzten sich all die alten Leute zusammen an einen großen Tisch, eine ältere Frau, die täglich ins Haus kam, las ihnen aus einem Buch etwas vor. Die alten Leute hörten andächtig zu, immer noch lag diese friedliche Stimmung im Raum. Zufällig sah ein Pfleger unsere zwei Freunde, „wen möchten Sie denn besuchen"? fragte er. Er war überrascht, nur selten verirrte sich Besuch hierher und eine alte Dame mit einem kleinen Mädchen an der Hand gab es hier so gut wie gar nicht zu Besuch. Meistens kam nur ein Arzt, der Briefträger oder der Medikamenten-Bote. Der große, weise, alte Vogel war auch weiterhin unsichtbar geblieben, um die alten Leute nicht aufzuregen. Er wollte auch diese friedliche Stille nicht durch sein Erscheinen stören. „Entschuldigung, wir wollen eigentlich nicht eine einzelne Person besuchen, ich möchte der kleinen Elisabeth hier gerne zeigen, wie es in einem Altenheim zu geht, welche Liebe und Zuwendung die alten Menschen brauchen, damit sie würdevoll in ihrem hohen Alter leben können". „Das ist ja mal ein angenehmer Besuch", gab der Pfleger zur Antwort. „Setzen Sie sich doch bitte zu uns, ich werde Ihnen mal die Damen und Herren vorstellen". Ja, sie gaben sich wirklich große Mühe, die Pfleger und Schwestern, auch sämtliches andere Personal, den alten Leuten, die Familie, so gut es ging, zu ersetzen. Aber es war ihnen klar, dass sie niemals die Familie ersetzen konnten. So nahmen sie die Abwechslung des überraschenden Besuches doch gerne an. Mariechen und Elisabeth begannen, von ihren Abenteuern, die sie gemeinsam erlebt hatten, zu erzählen. Die alten Menschen konnten gar nicht glauben, was sie da hörten. Nein, das konnten sie sich nicht vorstellen, man konnte doch nicht mit einer Seifen-Blase um die Welt fliegen, also, so etwas, das war doch völlig unmöglich. Und…wo war dieser Vogel, von dem die Beiden erzählten? Jetzt war die Zeit gekommen, der große, weise, alte Vogel wurde sichtbar, es drohte ja keine Gefahr mehr. Die alten Menschen staunten, wo kam denn nur plötzlich dieser Vogel her? Der große, weise, alte Vogel sprach dann auch zu den alten Leuten. „Ihr lieben alten Menschen, einige von Euch wohnen schon so lange hier, das es ihr Zuhause geworden ist, andere von Euch sind erst vor kurzem hierhergekommen. Meine Freunde, die Weisen im Himmel und ich beobachten das schon seit langer Zeit. Hier über Eurem Haus liegt ein ganz besonderer Zauber. Eure Kinder können Euch nicht zuhause pflegen oder aufnehmen, so ist hier eine ganz neue Familie untereinander entstanden. Seid so lieb und fasst Euch jetzt alle an den Händen, haltet Euch bitte ganz fest. Wir werden eine kleine Reise machen. Ihr werdet sehen". Kaum hatte er seine Worte ausgesprochen, pustete Elisabeth in ihr Röhrchen, dieses Mal musste sie ganz kräftig pusten, die Seifen-Blase musste ja sehr groß werden, um all die alten Menschen tragen zu können. Es hatte geklappt, die alten Menschen, Mariechen und Elisabeth schwebten gemeinsam in einer wirklich riesengroßen, bunten Seifen-Blase. Das war für die alten Menschen eine feine Sache, es war etwas Anderes, als sie kannten. Sonst bekamen sie Geschichten vorgelesen, bastelten etwas, sangen gemeinsam Lieder, sie trieben vorsichtig Sport oder spielten Gesellschaftsspiele. Aber heute war es spannend. Sie sahen ihr Haus von oben aus der Luft. So schwebte die riesengroße, bunte Seifen-Blase noch eine Weile in der Luft, dann glaubten sie, sie trauten ihren Augen nicht. Ihr Haus, das Haus, in dem sie nun den letzten Teil ihres Lebens verbringen sollten, bis sie die große Reise in eine andere Welt antraten, sah ganz anders aus. Das Haus strahlte prunkvoll in der Sonne, der Garten war von vielen Blumen umrankt, ja, das Haus war, während sie in der Luft schwebten, in ein Schloss verwandelt worden. Es war so schön anzusehen, sie wollten jetzt sofort wieder zurück kehren, um sich ihr Schloss aus der Nähe anzusehen. Das, was da geschehen war, konnten sie nicht glauben. Sie hatten alle in ihrem langen Leben schon so viel erlebt, aber das, was hier geschehen war, war einfach unfassbar für sie. Vorsichtig verließen all die alten Menschen die riesengroße Seifen-Blase, sie bestaunten ihr Schloss aus der Nähe. Der große, weise, alte Vogel trat zu ihnen. „Hier werdet Ihr leben, es ist das Schloss der alten Menschen. Euer Schloss! Bevor meine Freunde, die Weisen im Himmel, beschlossen haben, Euer Haus in ein Schloss zu verwandeln, haben sie gesehen, welche Liebe, welche Wärme hier im um sich geht. Erfreut Euch an den schönen Räumen, den schönen Blumen und Pflanzen, aber beschäftigt Euch weiter, das ist sehr wichtig für Euch. Seid wirklich lieb zueinander und helft Euch auch weiterhin, wo Ihr nur könnt. Dann bleibt Euch das schöne Schloss der alten Menschen lange erhalten. Ihr habt es verdient". Von der Schönheit ihres Schlosses überwältigt, traten sie vorsichtig ein. Sie mochten sich kaum bewegen, aus Angst, sie könnten aus einem schönen Traum erwachen. Dann beherzigten sie aber die Weisung des großen, weisen, alten Vogels. Sie hatten hier ein Wunder erlebt und das wollten sie sich erhalten, bis sie die letzte große Reise antraten. Der große, weise, alte Vogel begleitete Mariechen und Elisabeth in ihrer bunten Seifen-Blase nach Hause, dann flog er direkt weiter hoch über die Wolken, um den Weisen im Himmel von dem schönen Schloss der alten Menschen zu erzählen. Mariechen verabschiedete sich noch von Elisabeth, „Kind, hör zu. Denke bitte immer daran, wie wichtig es ist, alte Menschen zu respektieren und wenn sie keine Familie mehr haben, die sich um sie kümmert, frage sie, ob Du etwas tun kannst, um ihnen ein wenig zu helfen. Du kannst den Müll raustragen, für sie die Einkäufe tragen oder mit ihnen ein Spiel spielen oder von unseren Abenteuern erzählen. Schenke ihnen ein wenig Zeit und Liebe, das ist das größte Geschenk, was Du ihnen geben kannst". Elisabeth war noch ganz bewegt von dem, was sie gesehen hatte. Ja, dieses Schloss der alten Menschen war wirklich schön. Gleich morgen würde sie es ihrer Mutter zeigen, wenn sie spazieren gingen. Mariechen aber wusste, wenn sie sich einmal nicht mehr alleine versorgen konnte, würde sie auch sofort in das Schloss der alten Menschen ziehen. Und sie war sich sicher, dass Elisabeth auch dorthin kommen würde, dann könnten sie weiter mit ihrer großen, bunten Seifen-Blase um die Welt ziehen…

Besuch aus einer fremden Welt

Es war ein schöner, warmer, sonniger Herbsttag. Mariechen saß
bereits auf ihrer Bank und wartete auf die kleine Elisabeth. „Ja, wie
schön ist es doch, dass ich dieses bezaubernde, kleine Mädchen
kennenlernen durfte", so genoss sie mit ihren Gedanken noch eine
kleine Weile die wärmenden Sonnenstrahlen, die ihr Gesicht
trafen. Schon kam der große, weise, alte Vogel hinzu. Er war sehr
aufgeregt. „Wo steckt denn unsere Elisabeth"? wollte er von
Mariechen wissen. „Ach, ich denke, sie wird gleich kommen. Sie
hilft doch jetzt immer so gerne ihrer Mutter im Haushalt". Kaum
war es ausgesprochen, hörten beide schon Elisabeths frohes Rufen
aus dem Garten ihrer Eltern. Sie winkte und sah schnell nach links
und nach rechts, bevor sie über die Straße hüpfte. „Oh, Ihr seid ja
schon da. Habt Ihr etwa schon auf mich gewartet? Das tut mir leid,
aber ich habe schnell noch mit meiner Mami den Tisch abgedeckt
und ihr beim Abwaschen geholfen. Entschuldigt bitte, dass Ihr warten musstet". „Das ist nicht so schlimm, aber, mein Kind, hör zu,
wir müssen uns jetzt ganz schnell auf den Weg machen. Etwas ganz
Unglaubliches ist passiert, da müssen wir eingreifen. Die Menschen
sind zu dumm, sie werden sonst alles zerstören". Der große, weise,
alte Vogel mahnte zur Eile, so pustete Elisabeth fix in ihr Röhrchen, schnell schlüpfte sie mit Mariechen an der Hand in die bunte
Seifen-Blase und schon ging die Reise los. Der große, weise, alte
Vogel wies ihnen, wie schon so oft, den Weg. Aber er war sehr
aufgeregt. „Beeilt Euch", mahnte er noch einmal. So pustete Elisabeth noch einmal ganz kräftig und die bunte Seifen-Blase beschleunigte ihre Fahrt. „Wohin fliegen wir denn heute? Und, was ist denn
eigentlich passiert, dass Du es so eilig hast"? „Kommt, lasst uns
noch einen Moment fliegen, dann seht selbst. Ihr werdet nicht
glauben, was es da zu sehen gibt". Schon kurze Zeit später rief der
Vogel, dass sie ihre bunte Seifen-Blase etwas weiter vorne auf der
riesigen, gelben Fläche landen sollten. Diese riesige, gelbe Fläche

war eine Wüsten-Landschaft, das hatten sie vorher gar nicht erkennen können, weil sie so schnell geflogen und gelandet waren. „Uiih, hier ist es aber heiß", begann Elisabeth zu stöhnen. Schon begann sie zu schwitzen. „Kommt, Ihr zwei, wir müssen noch ein wenig gehen". So marschierten sie gemeinsam los, bis sie sahen, was los war. Etwas unglaubliches, ein riesengroßes, metallenes Etwas, aus dem seltsame Geräusche und merkwürdige Lichter drangen, stand dort inmitten dieser Wüsten-Landschaft. Dieses seltsame Etwas war umringt von zahlreichen Menschen, Panzern, Soldaten. Etwas weiter waren reihenweise Krankenwagen und Feuerwehrautos postiert. Die Soldaten hielten ihre Waffen schuss-bereit, was Elisabeth nun doch sehr irritierte. Sie staunte immer noch über die schönen, bunten, hellen Lichter, die aus diesem Etwas kamen. Die seltsamen Geräusche hatten sich in eine zarte Musik verwandelt. Aber, was war das nur? Und warum wollten die Soldaten das Ding beschießen? Wovor hatten denn all diese Men-schen nur Angst? Sie konnte sich all das nicht erklären. Auch Marie-chen war erstaunt, so etwas hatte auch sie in ihrem langen Leben noch nicht gesehen. Aber sie hatte eine Ahnung. Der große, weise, alte Vogel begann mit seiner Erklärung. „Elisabeth, Mariechen, hört zu, das ist ein Raumschiff von einem Planeten aus großer Ferne, weit von unserer Galaxie. Die Bewohner des Planeten Eirene lebten dort jahrhundertelang in Frieden und Harmonie. Ja, sie waren immer glücklich und hatten alles was sie zum Leben brauchten. Vor einiger Zeit baten sie die Weisen im Himmel um Hilfe. Die Luft des Planeten und das Wasser gingen zu Ende. Die Bewohner des Eirene konnten sich das nicht erklären und so fragten sie meine weisen Freunde im Himmel um Rat. Aber die Weisen hatten keine guten Nachrichten, sie hatten schon lange Zeit beobachtet, wie die Bewohner des Eirene ihren schönen Planeten zerstört hatten. Sie hatten sich leider genau so verhalten, wie es die Menschen hier auf der Erde auch tun. Die Natur des Planeten wur-de langsam zerstört, es gab kaum noch Bäume und Pflanzen, Wäl-der haben sie gerodet, aber leider vergaßen sie, neue Wälder wieder anzulegen. Pflanzen reinigen die Luft und produzieren den

Sauerstoff, den jedes Lebewesen so dringend zum Leben braucht. Ja, und auch die Flüsse und Seen sind langsam ausgetrocknet auf dem Eirene, weil seine Bewohner nicht sorgsam mit ihnen umgegangen sind. Ähnlich, wie die Menschen hier auf der Erde, haben sie giftige Abwässer in ihre Flüsse geleitet, irgendwann konnten sie das Wasser nicht mehr mit ihren Klärwerken reinigen, so dass das Wasser nun nur noch giftig ist. Sie können es nicht mehr trinken. Der schöne Planet Eirene ist nicht mehr zu retten. So hatten die Weisen im Himmel den Bewohnern geraten, sich ein großes Raumschiff zu bauen und damit auf unseren Planeten Erde zu kommen. Hier können sie dann weiter in Frieden leben. Das war der Rat meiner weisen Freunde im Himmel. Leider konnten meine Freunde nicht damit rechnen, welche Reaktion die Menschen hier auf der Erde zeigen. Das konnten sie nicht ahnen. Die Menschen haben Angst vor etwas Fremden, sie haben so viel Angst, dass sie direkt ihre schwersten Panzer und Militärs anrücken lassen, um das Fremde zu vernichten. Sie verstehen nicht, dass keine Gefahr von dem Raumschiff ausgeht. Sie fragen nicht einmal, wer in diesem Raumschiff ist und warum es hier gelandet ist. Nein, sie wollen das Fremde einfach nur bekämpfen. Wir müssen ganz schnell etwas tun, der Sauerstoff im Raumschiff geht zu Ende und die Bewohner müssen das Raumschiff verlassen, sonst droht ihnen so ein schrecklicher Tod auf der Erde, vor dem sie auf der Suche nach einem Leben von ihrem sterbenden Planet geflohen sind". Aber was sollten sie nur tun? Sie hielten sich inmitten der neugierigen, ängstlichen Menschenmenge auf, die immer lauter forderte, das Raumschiff zu vernichten. Angst vor etwas Fremden musste etwas ganz schreckliches sein, das spürte Elisabeth. Sie beobachtete das Geschehen noch eine Weile, während die Rufe der Menge nach Zerstörung des Fremden immer lauter wurden. Der große, weise, alte Vogel stupste Elisabeth an, er deutete auf ihr Röhrchen, mit dem sie immer die bunten Seifen-Blasen pustete. Da hatte Mariechen eine Idee. „Elisabeth, komm, mach schnell eine Seifen-Blase und wir zwei schweben vor das Schiff". Auf gings, die bunte Seifen-Blase war schnell gezaubert und schwebte nun mit einer alten Frau und einem Kind darin, begleitet von einem sehr großen Vogel direkt vor das Schiff. Aus dem Raumschiff drangen gleich noch mehr bunte, fröhliche Lichter, es schien, dass sich die Bewohner des Schiffs freuten. Die Menschenmenge aber tobte unterdessen. Sie forderten das Militär auf, nicht nur das Fremde, sondern auch die komische bunte Kugel zu vernichten. „Wir müssen auf den Präsidenten warten", rief der Kommandant, „vorher dürfen wir nicht schießen". Unterdessen waren unsere zwei Freunde sehr weit an das Raumschiff heran geschwebt. „Liebe Besucher, öffnet Eure Tür. Habt keine Angst vor den dummen Menschen da draußen. Sie verstehen nicht, dass keine Gefahr von Euch aus geht. Sie haben Angst vor Dingen, die sie nicht kennen und die sie sich nicht erklären können. Sie haben Angst davor, dass Ihr ihnen etwas wegnehmen könntet. Aber wir wissen, Ihr braucht Luft zum Atmen. Und davon gibt es mehr als genug auf der Erde". Langsam öffnete sich die Tür des Raumschiffs, schnell flog die bunte Seifen-Blase heran, so nahmen sie fix die Bewohner des Raumschiffs in die Seifen-Blase, damit diese tief durchatmen konnten. Ja, sie waren dem Tod sehr nahe gewesen. Die bunte Seifen-Blase füllte sich schnell mit vielen außerirdischen Wesen. Elisabeth fand das lustig. Sie sahen alle so komisch aus. Solche Wesen hatte sie noch nie gesehen, mit langen, lila oder grünen Haaren. Ihre Köpfe waren klein, fast wie der Kopf eines Babys, ihre Arme waren ein wenig länger, als die der Menschen, sie waren sehr dünn und viel kleiner als die Erwachsenen. Die Wesen schauten unsere beiden Freunde liebevoll mit ihren großen, runden Augen an, sie waren ihnen so dankbar, dass sie sie gerettet hatten. Dabei hatten sie doch den Menschen nichts Böses antun wollen. Sie brauchten doch nur einen Platz, an dem sie leben konnten und genügend Luft zum Atmen hatten. Mehr hatten sie doch gar nicht gewollt. Aber wie sollte es nun weiter gehen? Sie konnten doch nicht für immer in einer Seifen-Blase leben. Dafür waren sie zu viele und die Seifen-Blase würde nicht ewig halten, das war ihnen klar. Mariechen fasste sich ein Herz und begann, zu den Menschen zu sprechen, aber die hörten ihr nicht zu. Sie riefen immer noch nach dem Militär, diese fremden Dinge zu vernichten. Der Präsident war gerade eingetroffen, er war ein sehr kluger und besonnener Mann. So bewunderte er die bunte Seifen-Blase mit den vielen Wesen darin. So etwas hatte auch er noch nie gesehen, das war ein Wunder. Aber so ein großes Raumschiff, aus dem fröhliche Melodien und schöne, bunte Lichter drangen, hatte er ebenfalls noch niemals gesehen. So begann der Präsident zu seinem Volk zu sprechen und es zur Ruhe zu mahnen. Vor ihrem Präsident hatten sie Respekt, die Menge beruhigte sich, die Gefahr war fürs Erste gebannt. So konnten unsere Freunde und ihre neuen Begleiter die bunte Seifen-Blase sicher verlassen. Jetzt beschützte das Militär sie, es bedrohte die Bewohner des Planeten Eirene nicht mehr. Das war eine Wohltat, als die fremden Wesen endlich wieder frei durch atmen konnten. Der Präsident unterhielt sich mit den fremden Wesen. Sie erzählten ihm von ihrem schönen Planeten Eirene, auf dem es nun keine Luft zum Atmen und kein Wasser zum Leben mehr gab. Sie waren so dumm gewesen, das wussten sie. Aber jetzt konnten sie nicht mehr zurück. Auf ihrem Planeten konnten sie nicht mehr leben. Was sollte nur passieren. Hier auf der Erde wollten die Menschen sie auch nicht, das hatten sie gemerkt. Sie würden immer in Gefahr sein und verfolgt werden. So schlugen sie dem Präsidenten vor, wieder in ihr Raumschiff zu steigen und auf ihrem schönen Planeten Eirene, der ja schon gestorben war, auch in Frieden zu sterben. Das aber wollte der Präsident nicht zulassen, hier waren fremde Wesen von weit her gekommen, um auf der Erde zu leben und nur weil die Menschen in ihrer Dummheit Angst vor etwas Fremden hatten, sollte diese fremden Wesen, die einen so liebevollen Eindruck machten, sterben. Das konnte er wirklich nicht zulassen, das konnte er nicht mit seinem Gewissen und seinem Glauben vereinbaren. Erzählt mir noch mehr von Eurem schönen Planeten Eirene. „Eirene ist eine griechische Göttin. Sie ist die Göttin des Friedens. So haben wir immer glücklich und in Frieden und Harmonie miteinander gelebt. Ja, es war wirklich sehr schön auf unserer Eirene. Und jetzt ist das alles vorbei", die fremden Wesen waren traurig, es musste gehandelt werden. Der Präsident hatte eine Idee, „Ich werde Euch hier auf der Erde eine Aufgabe geben, Ihr werdet unter meinem Schutz durch das Land reisen und allen Menschen erklären, was mit Eurem Planeten geschehen ist. Die Menschen auf der Erde sind in ihrer Dummheit auch dabei, unseren schönen Planeten zu vernichten. Klärt die Menschen auf, erklärt Ihnen, wie schön und friedlich das Leben miteinander sein kann. Bringt ihnen Begriffe wie Frieden und Harmonie wieder näher. Die Menschen kennen leider nur noch Begriffe, wie Geld und Macht. Sie denken nur noch an sich. Das muss sich ändern, sonst sind wir Menschen in ferner Zukunft auch auf der Suche nach einem fernen Planeten, auf dem wir leben können. Ja, gebt ihnen als Gegen-Geschenk für die Atemluft und das frische Wasser Euer Wissen. Sie werden Euch dankbar sein, wenn sie lernen können, wie sie unseren Planeten erhalten können". So ging es dann auch gleich los, die fremden Wesen teilten sich auf und wurden in Schulen und Universitäten gebracht. Sie hielten Vorträge, berieten Wissenschaftler und Forscher. Die Menschen machten große Fortschritte, sie begriffen langsam, was sie tun mussten, um ihren Planeten zu erhalten und nicht zu verlieren, wie es den Bewohnern des Planeten Eirene ergangen war. Die fremden Wesen feierten gemeinsam mit den Menschen große Erfolge auf der Erde, sie lebten mit ihnen zusammen, aber auch unter Freunden blieben sie immer gemeinsam Fremde. Sie trauerten um ihren schönen Planeten Eirene, der nun endgültig gestorben war. Eines Tages trafen sie sich mit Mariechen und Elisabeth, sie erzählten, wie traurig sie inmitten von Freunden waren, wie fremd und einsam sie sich immer noch fühlten, wie sehr sie ihren schönen Planeten vermissten. Der große, weise, alte Vogel kam dazu. „Ich habe mit den Weisen im Himmel Euer Tun und Eure Arbeit hier auf der Erde beobachtet. Ihr wart unermüdlich in Eurer Aufgabe, den Menschen zu erklären, wie sie ihren Planeten behandeln und mit ihm umgehen sollen. Die Menschen haben aufmerksam gelernt und werden Eure Lehren beherzigen. So haben die Weisen beschlossen, Euch Euren Planeten zurück zu geben. Euer schöner Planet Eirene soll wieder leben und für Euch bewohnbar werden". „Aber, wie soll das gehen? Eirene ist doch schon gestorben, wie sollen wir dort leben"? Das konnten sie nicht glauben, sie sollten zurück auf einen toten Planeten? Wie sollten sie denn dort leben? Der große, weise, alte Vogel wies Elisabeth an, eine besonders schöne, große Seifen-Blase zu pusten. In dieser Seifen-Blase sollten sie alle genügend Platz haben. So pustete unsere kleine Freundin sehr kräftig und zauberte eine riesen-große, bunte Seifen-Blase. Langsam und gemächlich schwebte die bunte Seifen-Blase davon. Es ging quer durch die Wolkendecke, der Sonne entgegen. Aber auch an der warmen Sonne, die ihnen fröhlich zuzwinkerte, ging es vorbei. So schwebten sie weiter durch viele Galaxien, vorbei an Planeten, an Sternen, die fröhlich funkelten. Das war für unsere Elisabeth ein sehr großes Abenteuer. Die Reise dauerte noch ein wenig an, bis sie endlich an einen Planeten kamen, der sehr grau aussah. Das war der einst so schöne, prächtige Planet Eirene. Die fremden Wesen schauten sehr traurig aus der Seifen-Blase, sie sahen, was sie in ihrer Unwissenheit angerichtet hatten. Aber die Weisen hatten ja versprochen, dass sie hier wieder leben konnten. Also wollten sie alles tun, um ihren Planeten wieder so schön herzurichten, wie er einmal gewesen war. Luft zum Atmen gab es und als sie näher kamen, sahen sie auch, dass das Wasser in den Flüssen wieder blau und nicht mehr grau war. Das beruhigte sie ein wenig. So verließen sie glücklich die bunte Seifen-Blase und sahen sich auf ihrem Planeten um. Ja, hier waren sie zuhause. Bei den Menschen auf der Erde waren sie zu Gast gewesen, sie hatten den Menschen ihr Wissen zum Geschenk gemacht. So waren sie glücklich. Plötzlich aber wurde ihr Planet Eirene von einer riesigen Wolke umhüllt, sie staunten, alles auf dem Planeten erschien auf einmal in wunderschönen, bunten Farben. Die Luft war klar geworden, es war hell geworden, zahlreiche Pflanzen und Blüten schossen aus dem Boden. Die Natur hatte sich in Windeseile erholt. Was aber war geschehen? Der große, weise, alte Vogel hatte gewusst, was zu tun war, um den Fremden das Leben auf ihrem Planeten wieder möglich zu machen. Er hatte Elisabeth gebeten, eine riesengroße, so groß, wie sie noch nie eine gemacht hatte, bunte Seifen-Blase zu zaubern. Mit dieser Seifen-Blase hatten sie den Planeten Eirene umhüllt. Die Seifen-Blasen-Hülle sorgte für die frohen Farben und sie schützte die Bewohner und ihren Planeten Eirene vor Gefahren. Schnell hatte Elisabeth noch eine Seifen-Blase für sich und Mariechen gezaubert, dann schwebten sie noch einmal um den Planeten Eirene, der nun nicht mehr grau und trostlos, sondern irgendwie magisch aussah, und dann ging es zurück nach Hause. Auf der Heimreise bewunderte Elisabeth noch mal all die wunderschönen Planeten und Sterne, an denen sie vorbei schwebten. Sie war begeistert von all dem, was sie gesehen hatte. So landeten sie dann wieder sicher, aber erschöpft, vor Mariechens Bank. Mariechen musste sich erst mal setzten. Ja, da hatten sie wieder etwas Feines erlebt. Der große, weise, alte Vogel erklärte Elisabeth noch einmal ganz genau, wie sie unseren Planeten behandeln sollte, damit er den Menschen lange erhalten bliebe. „Und, mein Kind, bedenke, etwas Fremdes bedeutet nicht gleich Gefahr. Man sollte das Fremde erst einmal genau betrachten, statt es zu vernichten. Du hast gesehen, wie die Fremden Wesen den Menschen ihr Wissen geschenkt haben. Wenn Du etwas, dass Dir fremd erscheinst, akzeptierst und dankbar annimmst, wird es Dein Leben bereichern". So flog der große, weise, alte Vogel davon. Er drehte sich um und zwinkerte den beiden noch einmal zu. Mariechen und Elisabeth verabschiedeten sich voneinander, sie hatten heute gemeinsam ein kleines Wunder vollbracht, das wussten sie. Am Abend erzählte Elisabeth ihrer Mutter von den vielen Planeten und Sternen, die sie gesehen hatte. „Mami, das war so schön. Ich habe soooooo viele Sterne gesehen und wie die gefunkelt haben! Das kannst Du Dir nicht vorstellen"! Schon war unsere kleine Freundin eingeschlafen. Ihre Mutter sah noch eine Weile aus dem Fenster den funkelnden Sternen am Himmel zu und dankte wieder einmal ihrem Gott, der ihr dieses bezaubernde, kleine Mädchen zum Geschenk gemacht hatte. Mariechen hatte sich auch früh zu Bett gelegt, lange noch lag sie wach und dachte an die funkelnden Sterne und Planeten, die sie gesehen hatten. Es hatte ihr Spaß gemacht, den schönen Planeten Eirene zu retten. Ob sie wohl auch als funkelnder Stern vom Himmel scheinen würde, wenn sie einmal ihre große Reise angetreten hatte? Unser Freund, der große, weise, alte Vogel war schon lange zu seinen Freunden, den Weisen im Himmel, geflogen, um ihnen von der Rettung des schönen Planeten Eirene zu erzählen. Dieser Planet würde noch lange existieren und seine Bewohner konnten in wieder in Frieden leben. Ja, so sollte es sein.

Ein Sturm fegt durch ein Land in der Ferne

Ja, das Jahr neigte sich dem Ende entgegen, die Bäume trugen schon fast kein Laub mehr, die Natur begab sich in den Winterschlaf, um im nächsten Frühjahr wieder in voller Kraft zu erwachen. Mariechen saß schon eine Weile auf ihrer Bank, sie ließ die letzten warmen Sonnenstrahlen in ihr Gesicht scheinen. „Oh, lieber Gott, ich weiß, auch ich habe den Herbst meines Lebens schon lange erreicht. Aber bitte, gib mir so viel Zeit, dass ich der kleinen Elisabeth noch alles zeigen und erklären kann, was sie wissen muss, um unsere schöne Erde zu beschützen und zu erhalten". Schon kam unsere kleine Freundin über die Straße, „hallo, Mariechen. Wie geht es Dir heute? Du siehst besorgt aus". „Ach, mein kleiner Schatz, ich habe nur ein wenig nachgedacht. Mach Dir keine Sorgen, alles ist gut". Schon kam der große, weise, alte Vogel heran geflogen. Auch er blickte besorgt, „irgendetwas stimmt heute nicht", dachte Elisabeth gleich. „Kommt Ihr zwei, wir müssen uns beeilen. Wir müssen in ein fernes Land fliegen. Durch dieses Land wird in einer Stunde ein sehr, sehr starker Sturm fegen. Dieser Sturm wird die ganze, kleine Stadt vernichten, wenn wir uns nicht beeilen. Zum Sturm kommt auch noch Regen. Das ist nicht gut für die Menschen, die dort leben. Der Regen wird auf die Erde und auf die Menschen mit voller Kraft herunter preschen. Wenn wir nicht eingreifen, haben diese Menschen keine Chance, den Sturm zu überleben. Kommt, lasst uns fix aufbrechen". Schnell pustete Elisabeth in ihr Röhrchen und die Reise ging los. Der große, weise, alte

Vogel flog an ihrer Seite, er machte sich Sorgen. Wenn sie es nicht rechtzeitig schafften, würden sie auch in den Sturm geraten. Die bunte Seifen-Blase würde dem Sturm nicht stand halten und er würde sich auch nicht retten können. Nein, das durfte er sich nicht ausdenken. Er vertraute auf seine weisen Freunde hoch oben im Himmel, sie würden sicher über sie wachen. Nach einer langen Reise kamen sie ans Ziel. Elisabeth und Mariechen bemerkten schon, wie ihre bunte Seifen-Blase durchgerüttelt wurde, auch der große, weise, alte Vogel kam ins Trudeln. Sie mussten sich jetzt wirklich beeilen, um noch sicher landen zu können. „Wir werden da vorne rechts auf der großen Wiese landen". Der Wind nahm noch mehr zu, Eile war geboten. Sie landeten dieses Mal nicht mehr so vorsichtig wie sonst auf der Erde, nein, der Wind hatte sie schon zu Boden gedrückt. Sie sahen, wie der Wind durch die Bäume fegte, wie Palmen sich bogen, die Tiere hatten sich versteckt, die Menschen liefen aufgeregt hin und her. Sie versuchten, ihre Kinder und die Tiere in die Häuser zu bringen, weil sie dachten, dort seien sie in Sicherheit. Aber der Wind bekam noch mehr Kraft, so dass die ersten Dächer sich von den Häusern abhoben. Das ging nun sehr schnell, weil die Menschen dort nicht in solchen Häusern lebten, wie Elisabeth und Mariechen sie kannten, nein, die Menschen lebten in Hütten. Hütten, die sie aus Stroh, Bambus und Palmgeflecht gebaut hatten. Das war in diesem fremden Land so üblich, weil es dort im Allgemeinen sehr heiß ist. Und die Natur lieferte immer genügend Material, um eine neue Hütte aufzubauen. Wenn Kinder geboren wurden und der Platz nicht mehr reichte, bauten sich die Menschen dort einfach eine neue Hütte. Aber heute, an diesem Tag, bei dem starken Wind, würden die Hütten nicht mehr lange stehen. Das Problem aber war, dass der Sturm ja auch die Bäume, Bambus-Sträucher und Palmen zerstören würde. Und der starke Regen würde das Baumaterial der Natur endgültig weg spülen, dann würde es kein Baumaterial aus der Natur mehr geben. So schauten sich unsere drei Freunde noch einmal um. Der Wind war noch stärker geworden. Elisabeth musste sich schon ganz fest an Mariechens Hand halten, sie war ja noch ein kleines Mädchen, der starke Wind hätte sie sonst davon gedrückt. So marschierten sie tapfer voran, um den Menschen dabei zu helfen, zumindest ihre Kinder in Sicherheit zu bringen. Einige Kinder hatten sie noch in den Hütten ihrer Eltern in Sicherheit bringen können, als sich der Himmel verdunkelte. Nun wurde es richtig ernst, der Wind war noch ein Mal stärker geworden und die ersten Regentropfen fielen. Am Himmel tauchten nun riesengroße, schwarze Wolken auf. Es wurde fast so dunkel wie in der Nacht, nun bekam auch unsere mutige Elisabeth es mit der Angst zu tun. Die Regentropfen nahmen zu, sie taten ihr im Gesicht weh, fast wollte sie weinen. Mariechen hatte einen schützenden Regenumhang gefunden, in den sie sich und Elisabeth einhüllte. Der große, weise, alte Vogel hatte eine kleine Höhle entdeckt. Hier fanden sie etwas Schutz, vor dem immer stärker werdenden Wind und den harten Regentropfen. Aber sie mussten etwas tun und zwar ganz schnell, das war ihnen klar. Sie mussten den Menschen helfen, sie durften sich nicht in einer Höhle verstecken und abwarten, bis der Sturm vorüber war. Elisabeth wagte einen Blick aus der Höhle, was sie sah, konnte sie nicht glauben, der Himmel hatte sich noch weiter verdunkelt. „Meinst Du, wenn ich eine riesengroße Seifen-Blase mache, können wir die Menschen damit schützen? Meinst Du, ich schaffe so eine große Seifen-Blase, dass sie die ganze Stadt und ihre Menschen schützen kann"? „Ich weiß es nicht", zum ersten Mal war auch der große, weise, alte Vogel ratlos. Aber das war die einzige Möglichkeit, also mussten sie es versuchen. So trat unsere mutige Elisabeth aus der Höhle und pustete mit voller Kraft. Sie pustete so kräftig, dass sie fast umfiel. Aber es hatte funktioniert. Eine riesengroße, bunte Seifen-Blase hatte sich wie ein großer Schirm über die kleine Stadt gelegt. Die Hütten, in denen die Menschen lebten, waren nicht beschädigt worden, die Bäume und Palmen standen wieder gerade. Die kleine Stadt lebte nun unter einer schützenden Kuppel. Der starke Wind konnte ihr und den Menschen nichts mehr anhaben. Mariechen und Elisabeth fielen sich glücklich in die Arme, sie hatten es geschafft, die Stadt war durch die schützende Seifen-Blasen-Kuppel gerettet. Und…unser

Freund, der große, weise, alte Vogel war sehr erleichtert. Er hatte sich das erste Mal keinen Rat gewusst und nun hatte dieses kleine, bezaubernde Mädchen die Stadt gerettet. So konnten sie zurück fliegen, hier war ihre Arbeit getan. Elisabeth pustete noch ein Mal in ihr Röhrchen, sie schwebten nun wieder langsam davon, der große, weise, alte Vogel blieb in ihrer Nähe. Er wies noch einmal nach unten, „schaut, sieht diese Stadt jetzt nicht hübsch und friedlich aus unter der Seifen-Blasen-Kuppel? Die Kuppel ersetzt die Ozon-Schicht, die die Erde vor solchen schlimmen Stürmen aus dem Himmel schützt. Aber leider geben die Menschen nicht gut acht auf die Ozon-Schicht. Sie fliegen mit lauten Flugzeugen, die eine Menge Abgase in den Himmel blasen, durch die Luft. Sie fahren viele Autos, die so viel Treibstoff verbrauchen und dann die Abgase in die Luft abgeben. Aber am schlimmsten sind die hohen Fabrikschornsteine, die die Menschen in die Höhe gebaut haben. Sie denken nicht daran, dass die Natur auch dort existiert, wo sie nicht sind, oder wo sie nicht mehr hin gucken können. Ja, und sehr viele Menschen benutzen Spray-Dosen, weil sie gut aussehen wollen, verwenden sie Dosen mit Haarspray, wenn sie gut riechen wollen, benutzen sie Dosen mit Deo-Spray. Mit all diesen Dosen tragen die Menschen vor falscher Eitelkeit dazu bei, die Ozon-Schicht zu zerstören. In diesen Dosen befindet sich ein Gas, ein Gas, das das Haarspray oder das Deo-Spray aus der Dose treibt. Dieses Gas heißt Treibgas, es ist so gefährlich, dass es den schützenden Mantel, der unsere Erde umgibt, die Ozon-Schicht, zerstört. Die Menschen wissen das zwar, aber sie denken, dass so ein kleines bisschen Spray doch nicht schaden kann. Und so sprühen sie munter weiter, für schöne Frisuren, schöne Gerüche, opfern sie den schützenden Erd-Mantel. Dann geschehen solche Unglücke". „Aber warum machen die Menschen das denn, wenn sie wissen, dass die Erde davon kaputt geht? Das ist doch dumm", Elisabeth staunte wieder einmal. „Ja, meine Kleine", mischte sich jetzt Mariechen in das Gespräch ein, „die Menschen denken, sie sind erfolgreich und beliebt, wenn sie schöne Frisuren und schöne Kleider tragen. Sie hoffen, dass große Reisen und schöne Autos sie glücklich machen.

82

Aber sie begreifen nicht, dass es nicht auf das Äußere eines Menschen ankommt, sehr viel wichtiger ist das Innere des Menschen. Es ist so wichtig, dass ein Mensch sich sein gutes Herz bewahrt. Wenn ein Mensch immer darauf achtet, dass sein Herz rein bleibt, ist er glücklich. Und dieses Glück strahlt aus ihm heraus. Der Mensch ist von Natur aus schön, wichtig ist nur ein gutes, reines Herz. Vergiss das nie, nicht in Deinem ganzen Leben. Auch, wenn Du später eine erwachsene Frau bist, wirst Du vor natürlicher Schönheit strahlen, dafür wirst Du keine Spray-Dosen brauchen. Die Natur gibt den Menschen ihre Schönheit". Schon waren sie wieder daheim, sie setzte die bunte Seifen-Blase vorsichtig auf. Elisabeth verabschiedete sich noch von den zweien, dann lief sie schnell nach Hause. Sie wollte gucken, ob ihre Eltern etwa Spray-Dosen im Badezimmer hatten, wenn ja, wollte sie sie bitten, diese doch weg zu werfen, damit sie dem schützenden Mantel unserer schönen Erde nicht wieter Schaden zufügen würden. Aber sie war froh, so etwas gab es bei ihnen zuhause nicht. „Mami, hast Du Haarspray", wollte sie beim Abendessen wissen. „Nein, Elisabeth, warum fragst Du? Meine Haare sind doch sehr lang, ich trage sie doch immer in einem Zopf oder einem Knoten. Das hast Du doch schon gesehen". „Mami, Du bist so wunderschön, Du brauchst kein Haarspray", gab Elisabeth zufrieden zur Antwort. „Lieb, dass Du das sagst, komm, lass Dich umarmen und dann essen wir weiter". Mariechen war langsam nach Hause gegangen, sie dachte noch über die dummen Menschen nach, die vor falscher Eitelkeit dabei waren, ihre schöne Erde zu zerstören. Ja, die Menschen waren wirklich dumm, sie verstanden nicht die Warnungen, die die Natur ihnen schickte. Sehr viele machten einfach weiter, wie bisher. Nur einige wenige, die schon begriffen hatten, um was es ging, versuchten die Anderen zu warnen und über ihr Tun aufzuklären, meist aber wurden sie ja nur milde belächelt und als Spinner abgetan. Was sollte nur werden, wenn ihre Zeit hier abgelaufen war und sie ihre große, letzte Reise in eine andere Welt antrat? Würde es der kleinen Elisabeth gelingen, die Welt zu retten? Später, als sie schon tief im Schlaf lag, erschien ihr wieder ihr lieber Mann. „Mein liebes Mariechen, mach Dir keine

Sorgen. Die Kleine wird es schaffen. Der große, weise, alte Vogel und Du, Ihr habt der Kleinen schon so viel erklärt und gezeigt. Sei Dir sicher, sie wird es schaffen. Mach Dir keine Sorgen". Der große, weise, alte Vogel war auch heim geflogen. Die anderen Weisen im Himmel hatten zugesehen, wie sie die kleine Stadt, in der alle Menschen im Sturm ums Leben gekommen wären, mit einem neuen, schützenden Mantel umgeben hatten. Das war eine sehr gute Idee von Elisabeth gewesen und so war auch heute wieder alles gut geworden. Der große, weise, alte Vogel aber dachte noch lange über sein Geheimnis nach. Er würde es Mariechen eines Tages sagen müssen. Aber bis dahin war noch Zeit, sie hatten noch sehr viel zu tun.

Ein riesiges, trauriges Zeltlager

Mariechen saß bereits auf ihrer Bank, sie war heute etwas früher da, als sie es sonst war. Sie freute sich so auf die Treffen und die spannenden Abenteuer mit Elisabeth, dass sie es kaum erwarten konnte. Aber heute würden sie der kleinen Elisabeth etwas zeigen, dass auch sie immer noch traurig machte. Der große, weise, alte Vogel kam geflogen, „nanu, Mariechen, Du bist schon hier"? „Ja, ich habe noch ein wenig über das nachgedacht, was wir der Kleinen heute zeigen wollen. Meinst Du, es ist wirklich richtig, was wir tun"? „Doch, Mariechen, die Kleine hat ein reines Herz und einen gesunden Menschenverstand. Sie wird es verkraften und wissen, was zu tun ist. Vertraue mir". Schon hörten sie Elisabeths frohes Rufen: „Hallo, Ihr zwei. Wie geht es Euch? Ihr seid ja schon da, das ist fein. Was werden heute machen, wohin fliegen wir"? Elisabeth war, wie immer, sehr gespannt auf das kommende Abenteuer. „Ach, meine Kleine", seufzte Mariechen, „heute wird es nicht lustig. Wir müssen wieder einmal helfen, hoffentlich werden wir das auch schaffen". Der große, weise, alte Vogel gab das Zeichen zum Aufbruch, so pustete Elisabeth fix in ihr Röhrchen, Mariechen nahm sie fest an die Hand und die zwei schwebten in ihrer bunten Seifen-Blase davon. Unser Freund, der große, weise, alte Vogel, kannte den Weg. Er flog langsam voraus, so dass sie ihm gut folgen konnten. Er machte sich Sorgen, sie hatten heute großes vor, hoffentlich würden sie auch wirklich helfen können. So flogen sie eine ganze Weile, bis der große, weise, alte Vogel die Landung ankündigte. „Gleich, da vorne, seht Ihr? Dort werden wir im weichen Sand landen. Aber seid vorsichtig, der Sand ist sehr heiß! Sehr, sehr heiß. Also, bleibt nicht lange an einer Stelle stehen, lauft schnell, bis Ihr das erste Zelt erreicht"! So beeilten sie sich nach der Landung, der Sand war wirklich furchtbar heiß, sie waren in der Wüste gelandet. Hier hatte es seit Monaten nicht einen Tropfen geregnet, die Sonne brannte förmlich vom Himmel. Elisabeth rannte schnell in die Richtung des Zeltes, so wie es der große, weise, alte Vogel ihr aufgetragen hatte. Mariechen kam etwas später dazu, ganz so schnell wollten ihre alten Füße sie dann doch nicht mehr tragen. Unser Freund, der große, weise, alte Vogel hatte bereits im Zelt Platz genommen. Elisabeth sah sich neugierig um, wo waren sie hier eigentlich? Und, was war hier los? Sie hatte schon aus ihrer Seifen-Blase heraus gesehen, dass es hier unglaublich viele Zelte gab, so viele Zelte auf einmal hatte sie noch nie in ihrem Leben gesehen. Sie war schon einmal mit ihren Eltern auf einem Camping-Platz gewesen, aber da hatte es nicht so viele Zelte gegeben. Und die waren auch alle bunt und hatten fröhlich ausgesehen. Hier aber waren alle Zelte gleich, sie waren auch nicht bunt und fröhlich. Nein, sie sahen alle sehr grau und traurig aus. Ja, ein Zelt sah aus, wie das Andere. Das konnte kein Camping-Platz sein, und schon gar nicht so ein großer. „Wo sind wir hier? Warum sehen die Zelte und die Menschen so traurig aus", wollte Elisabeth wissen. Hier ging doch etwas nicht mit rechten Dingen zu. „Wir sind in einem Flüchtlings-Lager", begann der große, weise, alte Vogel zu erklären. „Hier leben über eine Million Menschen". Eine Million mussten ganz schön viele Menschen sein, überlegte sich Elisabeth gerade, als der große, weise, alte Vogel weiter erklärte: „Ja, mein Kind, das sind sehr, sehr viele Menschen. Sie alle haben kein eigenes Zuhause mehr". „Aber warum denn nicht, jeder Mensch hat doch ein Zuhause. Ich wohne doch auch bei meinen Eltern, meiner Mami und meinem Papi. Warum haben diese Menschen kein Zuhause? Man kann doch nicht für immer in einem Zelt wohnen, das geht doch gar nicht". Elisabeth schaute nun sehr ungläubig drein, das konnte sie sich nicht vorstellen. Wenn sie mit ihren Eltern zelten ging, war das zwar immer sehr lustig, aber man konnte doch nicht immer in einem Zelt leben, das ging doch nicht. „Doch, leider ist das so. Diese Menschen sind auf der Flucht. Auf der Flucht vor Krieg in ihrer Heimat, auf der Flucht vor Hunger oder weil sie wegen ihres Glaubens verfolgt werden. Sie haben ihr Zuhause zurück lassen müssen, bei vielen wurde das Zuhause von feindlichen Soldaten zerstört. Die Menschen können in ihrer Heimat nicht mehr leben, so suchen sie hier Zuflucht". „Aber es ist doch so heiß hier, wie sind sie hier her gekommen"? „Mein Kind, sehr viele Menschen sind monatelang zu Fuß durch das Land gegangen, monatelang durch diese heiße Wüste, durch den heißen Sand. Sie haben keine Angst, auf der Flucht zu sterben, in ihrer Heimat hätten sie sowieso sterben müssen. Das wissen sie genau. Also machen sie sich auf, sie packen ein, was sie tragen können, nehmen ihre Familien und gehen auf den beschwerlichen Weg. Viele von ihnen verdursten in der heißen Wüste, weil es kein Wasser und keine Nahrung gibt. Andere werden auf der Flucht von feindlichen Soldaten angegriffen und verlieren so ihr Leben. Ja, es ist eine traurige Welt, die Du hier siehst. Komm, lass uns zu dem Lagerleiter gehen, er wird uns mehr erzählen können". So marschierten sie vorsichtig in ein anderes Zelt, in dem bereits der Lagerleiter wartete, er hatte gefühlt, dass sie heute kommen würden. So war er keineswegs überrascht, als eine alte Frau und ein kleines, blondes Mädchen, begleitet von einem großen Vogel in sein Zelt traten. „Oh, wie gut, Ihr seid hier. Nun wird alles gut werden". Der Lagerleiter begann zu erzählen, wie die Menschen hier lebten. Wie traurig es hier war und unter welchen Umständen die Menschen hier leben mussten. „Als ein Krieg in dem fremden Land ausbrach, begaben sich die Menschen auf die Flucht. Sie hatten Angst vor den feindlichen

Soldaten, vor dem Militär. Sie hatten Angst um ihr Leben, so nahmen sie den weiten, beschwerlichen Weg auf sich, um ihre Familien und sich selbst in Sicherheit zu bringen. Aus einem anderen Teil unserer Welt kam Hilfe, Hilfsorganisationen brachten Zelte und Lebensmittel. Vor allem aber wurde frisches Wasser und medizinische Versorgung gebraucht. Viele der Menschen waren verwundet und krank, sie hatten sich die Wunden manchmal auf der Flucht zugezogen, meistens aber war der lang andauernde Hunger und der Wassermangel die Ursache für die schweren Krankheiten. Der Krieg aber tobte weiter, so hatten die Menschen in dem fremden Land keine Nahrung mehr, sie bekamen keine Hilfe, weil das Militär niemanden in das Land lassen wollte. Die Menschen sollten hier einfach sterben, dann könnten sie allein dort herrschen und ihr Volk und ihre Familien in das neu eroberte Land holen. So begaben sich noch mehr Menschen auf den beschwerlichen Weg, von ihnen schafften es nicht mehr sehr viele bis hier her, um sich in Sicherheit zu bringen. Sehr viele starben auf der Flucht, weil sie durch den Hunger schon geschwächt waren. Die, die es noch geschafft haben, sind hier, sie leben auch in Zelten. Es sind so viele Menschen, mein Kind, Du musst Dir klar machen, dass ein ganzes Land, ein ganzes Volk ein neues Zuhause sucht. Die Hilfsorganisationen brachten auch weiterhin Zelte und Nahrungsmittel für all diese armen Menschen. Aber keiner hatte eine Idee, wie es weiter gehen sollte. Irgendwann blieb die Hilfe einfach aus, die Organisationen hatten kein Geld mehr, um weiter helfen und unterstützen zu können. Wir haben versucht, hier Getreide und Gemüse anzubauen, damit wir selbst Nahrung produzieren können, aber ohne Wasser zum Gießen wächst hier in der Wüste kein einziges Pflänzchen. Und das wenige, frische Wasser, das noch da ist, benötigen wir dringend zum Trinken, damit die Menschen nicht verdursten. Ja, es ist traurig. Die Menschen leben manchmal mit zehn Personen in einem Zelt und jeden Tag kommen noch mehr dazu, die wenigen Glücklichen, die den weiten, schweren Weg geschafft haben. Aber wir wissen nicht, wie wir alle diese armen Menschen versorgen sollen. Sie flüchten vor Krieg und Hunger, sie hoffen, hier ein Zuhause zu finden. Aber wir können diese Hoffnung nicht mehr erfüllen, es wird nur noch wenige Tage dauern, bis unsere Nahrungsmittel und das letzte Wasser verbraucht sind. Dann müssen diese armen Menschen auch hier den Hungertod sterben. Was sollen wir nur tun"? Elisabeth war sehr traurig geworden, sie sah, dass auch Mariechen schon Tränen in den Augen hatte, die sie aber versuchte, zu unterdrücken. Sie wollte Elisabeth nicht erschrecken. Aber Krieg und Hungersnot, das kannte sie noch, das alles hatte sie ja selbst erlebt, als sie noch eine junge Frau gewesen war. Nur, so vielen Menschen helfen, das konnten sie nicht, diese Aufgabe war einfach zu groß. So betete sie still vor sich hin und bat ihren Gott um eine Idee, um Hilfe. Was konnten sie hier nur tun? „Ich habe eine Idee", begann Elisabeth und sah dabei zaghaft den großen, weisen, alten Vogel an. „Können wir nicht mit unserer Seifen-Blase einige Wolken hier her bringen? Dann würde es beginnen zu regnen und die Pflänzchen könnten wachsen. Der Sand wäre nicht mehr so heiß, die Menschen könnten darauf laufen und die Pflänzchen versorgen. Kann man nicht auch Regenwasser trinken? Geht das"? Der große, weise, alte Vogel dachte nach. Das konnte eine Möglichkeit sein. Sie mussten es versuchen, sonst würden hier in wenigen Tagen Millionen Menschen einen qualvollen Tod sterben, dessen war er sich bewusst. „Lass es uns versuchen", antwortete er, „es gibt keine andere Möglichkeit. Wir müssen diesen armen bedauernswerten Menschen helfen. Sie haben so einen schweren, weiten Weg gemacht. Und das nur, um dann hier zu sterben. Nein, das können wir nicht zulassen. Aber, Elisabeth, Du musst eine sehr große Seifen-Blase machen. Schaffst Du das"? Unsere kleine Freundin begann, sie pustete wieder einmal in ihr Röhrchen, schnell nahm sie Mariechen an die Hand und schon schwebten sie mit ihrer bunten Seifen-Blase los. Der große, weise, alte Vogel wusste, sie mussten sehr weit fliegen, bis sie endlich genug Wolken finden würden. Wolken, die sie so dringend benötigten, aber sie mussten auch darauf achten, ob es dort, wo sie die Wolken finden würden, noch genügend Wolken gab, sonst würde die Erde aus dem Gleichgewicht geraten und das durfte nicht passieren. So schwebten sie lange über riesige Wüstenfelder dahin, es war sehr heiß in der bunten Seifen-Blase. Nachdem sie nun schon lange geflogen waren, sahen sie endlich die ersten kleinen Wolken am Himmel. Selbst diese kleinen, zarten, hauchdünnen Wolken bedeuteten schon Hoffnung für unsere drei Freunde. So flogen sie weiter in die Richtung, aus der sie die Wolken kommen sahen, aber die Wolken blieben nur wenige und sie waren auch einfach zu klein. Das hätte niemals gereicht, um eine Million Menschen mit Wasser zu versorgen, also mussten sie immer noch weiter fliegen. Elisabeth war schon müde geworden, sie hatte Hunger und Durst bekommen. „Mariechen, ich habe jetzt schon so einen großen Durst und Hunger bekomme ich auch gleich. Mein Magen beginnt schon, zu knurren. Wie konnten diese armen Menschen das nur tagelang aushalten", wollte sie wissen. „Elisabeth, wenn ein Mensch sein großes Ziel vor Augen hat, dann kann er Hunger und Durst eine Zeit lang vergessen. Und diese Menschen, die auf der Flucht waren, hatten ein sehr großes Ziel vor ihren Augen. Sie wollten in Sicherheit leben. Da vergaßen sie den Hunger oder den Durst, der Mensch ist schon ein wunderbares Geschöpf, jeder Mensch ist mit einem unglaublichen Lebenswillen ausgestattet. Dafür sorgt sein Gott, nur dieser Wille hält ihn am Leben und lässt ihn solche schweren Zeiten überstehen". Der große, weise, alte Vogel war etwas weiter voraus geflogen und kam nun glücklich zu ihnen zurück. Wir müssen noch eine Weile fliegen, aber ich habe sehr viele, sehr große Wolken entdeckt. Es gibt genügend von ihnen, so können wir einige für diese armen Menschen mitnehmen. Aber, Elisabeth, wir werden eine sehr große Seifen-Blase dafür brauchen. Also ruh Dich noch einen Moment aus, bis wir da sind. Endlich sahen sie nun alle drei die schönen, großen Wolken. Unsere drei Freunde wählten einige sehr große Wolken aus, wenn sie es schaff-ten, diese in ihrer bunten Seifen-Blase in die Wüste zu bringen, könnte es funktionieren. Die Wolken würden in der glühenden Hitze damit beginnen, zu schmelzen und der Regen würde auf die Erde tropfen. Der große, weise, alte Vogel achtete darauf, dass sie nicht zu viele auswählten, das würde für die Seifen-Blase zu schwer werden und diese Wolken würden dann hier fehlen. Und sie durften nur reine Wolken mit nehmen, denn die Menschen mussten das Regenwasser ja auch dringend zum Trinken gebrauchen. In den grauen Wolken waren schon zu viele Gifte enthalten. Sie mussten darauf achten, dass die Erde nicht aus ihrem Gleichgewicht geriet. Elisabeth wusste ja bereits, was sie zu tun hatte, sie pustete ganz kräftig in ihr Röhrchen, so kräftig hatte sie noch niemals hinein gepustet, aber sie wusste, sie brauchten eine riesengroße, wirklich riesengroße Seifen-Blase. Es hatte geklappt, Mariechen und Elisabeth waren nun mit den schönen Wolken auf dem Weg, der große, weise, alte Vogel begleitete sie. Sie hatten schließlich noch eine lange Reise vor sich und den Wolken durfte nichts passieren. Die bunte Seifen-Blase war kräftig genug, sie war bei diesem Flug wunderschön. Außen schillerten sie in den buntesten Farben und durch sie hindurch konnte man die weißen Wolken erkennen. Den vorbei fliegenden Vögeln bot sich ein wunderbarer Anblick. Endlich flogen sie wieder über der Wüstenlandschaft. Sie sahen schon aus der Ferne das riesengroße Zeltlager mit so vielen grauen, traurigen Zelten. Nun musste etwas passieren und alles musste funktionieren. Unsere drei Freunde hatten ja nur diesen einen Versuch. Der große, weise, alte Vogel flog sehr dicht an die bunte Seifen-Blase heran, so dass zuerst Mariechen heraus schlüpfen konnte. Sie flog vorsichtig auf dem Rücken des großen, weisen, alten Vogels davon Richtung Erde. Der Lagerleiter erwartete sie schon, er nahm sie fest in den Arm. Wie war er doch erleichtert, als er sah, dass die drei die große Reise gut überstanden hatten. Jetzt kehrte die Hoffnung in das Lager zurück. Schon hob der große, weise, alte Vogel noch einmal ab und brachte auch unsere kleine Elisabeth sicher auf die Erde zurück. „Uiiih, das war aber mal ein feiner Flug", das hatte ihr Spaß gemacht. Sie war ja auch noch ein kleines Kind, und welches Kind war schon einmal auf dem Rücken eines großen Vogels geflogen? Sie kannte keines. Nun hob der große, weise, alte Vogel noch einmal in Richtung großer, bunter Seifenblase ab. Er hatte eine sehr große Aufgabe, mit seinem Schnabel musste so lange in die Seifenblase picken, bis sie zerplatzte. Die Menschen sahen im dabei aus ihren Zelten zu, sie beteten, dass alles gut gehen würde. Längst hatten sie in der großen, bunten Seifenblase die schönen, großen Wolken gesehen, das war schon ein majestätischer Anblick, nur, es musste sein. Der große, weise, alte Vogel musste die Seifenblase zum Zerplatzen bringen, damit es endlich regnen konnte. Fast schon hatten sie nicht mehr daran geglaubt, als es dem großen, weisen, alten Vogel endlich gelungen war. Es hatte zuerst etwas getropft und schon, wie durch ein Wunder, hatte es begonnen, zu regnen. Für das Wunder hatte der große, weise, alte Vogel gesorgt, das war ihnen klar. Nun regnete es bereits in Strömen, der Boden kühlte zuerst etwas ab. Die Menschen verließen ihre traurigen Zelte und tanzten voller Freude im Regen. Nach so langer Zeit waren sie endlich wieder glücklich. Schon hatten sie mit der Arbeit begonnen, sie säten und pflanzten, sie gossen ihre kleinen Pflänzchen, die kurz vor dem Vertrocknen gewesen waren. Nun würde alles gut werden, sie würden wieder etwas zum Essen haben. Ja, sie konnten das Regenwasser sogar trinken, so rein war es. Der große, weise, alte Vogel hatte eine gute Wahl getroffen. Jetzt mussten unsere drei Freunde aber wieder zurück nach Hause, Elisabeths Mutter würde sich sonst Sorgen machen und das durfte auf keinen Fall geschehen. Also pustete Elisabeth schnell in ihr Röhrchen und los ging die Heimreise in de r großen, bunten Seifen-Blase. Als sie so gemächlich dahin schwebten, konnten sie noch sehen, wie die Menschen weiter vor Freude im Regen tanzten und die fast vertrockneten Bäume sich wieder erhoben. Das ganze Lager sah nicht mehr traurig, sondern bunt aus. Sie waren erleichtert, eine schwere, fast unlösbare Aufgabe war geglückt. Piloten, die mit ihren Flugzeugen über die Wüstenlandschaft flogen, meldeten ein Wunder. Seit Jahren hatte es hier keinen Regen mehr gegeben und nun regnete es plötzlich und die Wüste, begann wieder grün zu werden.Reporter kamen aus aller Welt, die über dieses Wetter-Wunder berichten wollten und entdeckten auch die riesige Zeltstadt, die ja schon lange in Vergessenheit geraten war. Darüber berichteten sie natürlich, keiner konnte verstehen, wie so viele Menschen so lange in Zelten

in der Wüste überleben konnten. Schnell brachten andere Hilfsorganisationen wieder Lebensmittel, Kleidung und alles andere in
die riesige Zeltstadt. Später brachten sie dann auch Baumaterialien,
so dass eine wirkliche Stadt gebaut werden konnte. Eine Stadt, in
der nun zahlreiche Häuser stehen, eine moderne Stadt mit vielen
Menschen, die glücklich leben können. Ja, so sollte es sein. Das
aber konnten unsere drei Freunde ja nicht mehr sehen, sie waren
nach ihrer langen Reise erschöpft zu Hause angekommen. „Ach,
Mariechen, ich bin so müde, ich habe Hunger und Durst. Ich gehe
jetzt direkt nach Hause zu meiner Mami", schon verschwand sie
über die Straße. Obwohl sie so müde und hungrig war, vergaß sie
nicht, nach links und rechts zu schauen. Sie winkte noch einmal,
„auf Wiedersehen, Ihr zwei. Bis morgen". Der große, weise, alte
Vogel musste nun auch dringend in den Himmel fliegen und seinen
weisen Freunden von ihrem heutigen Abenteuer berichten. Er war
stolz, Elisabeth hatte eine schöne Entwicklung durch gemacht, sie
hatte schon eigene Ideen, wie sie helfen konnten. Ja, dieses kleine
Mädchen war eine wirkliche Freude. Leider mussten sie es irgendwann allein auf dieser Erde zurück lassen. Mariechen war auch sehr
müde geworden, sie ruhte sich noch kurz auf ihrer Bank aus, bevor
sie nach Hause ging. Oh, wie schrecklich war es früher im Krieg
gewesen, als sie Hunger und Durst litten, sie nicht wussten, wohin
sie gehen sollten. Keiner hatte ihnen helfen wollen, weil sie ja nur
Flüchtlinge waren. Die armen Menschen in dem riesigen Zelt-
Lager hatten ihr so leid getan. „Wie gut, dass es dieses Kind gibt.
Millionen Menschen wären gestorben, aber dieses gute Kind hatte
die rettende Idee. Gott wacht wohl über diesem zauberhaften
Kind". Während sie das dachte, war sie bereits in ihrem kleinen,
gemütlichen Zuhause angekommen. Wie schade war es doch, dass
sie ihre kleine Tochter, die fast so ausgesehen hatte, wie die kleine
Elisabeth, auf der Flucht verloren hatte. Wer wusste schon, ob ihre
Kleine noch lebte? Lange Jahre hatte sie nach ihr gesucht, aber es
hatte kein Lebenszeichen mehr gegeben. So hatte sie sich irgendwann mit der Tatsache, dass ihr kleines Mädchen wohl beim lieben
Gott im Himmel gut aufgehoben sei, abgefunden. Es war ihr

schwer gefallen, aber nur so hatte sie weiter leben können. Und es gab ja noch ihre Söhne, die wohnten zwar sehr weit weg und mussten viel arbeiten. Das Gefühl, zu wissen, dass sie lebten und dass es ihnen gut ging, tröstete Mariechen immer wieder. „Mami, ich habe ganz doll Hunger", rief Elisabeth, als sie ins Haus kam. Schon saß sie am Esstisch und einen Riesen-Durst hatte die Kleine. Die Mutter staunte, „Oh, mein Kind, hast Du den ganzen Nachmittag lang nichts getrunken", fragte sie nach. „Nein, Mami, ich war doch in der Wüste und da gibt es kein Wasser zu trinken, nun habe ich so doll Durst". Elisabeths Mutter staunte wieder einmal, dieses Kind hatte eine Phantasie, das war kaum zu glauben. Wahrscheinlich hatte sie den ganzen Tag draußen im Garten mit ihrem Meerschweinchen gespielt und dabei vergessen, etwas zu trinken. Sie nahm ihren kleinen Schatz ganz fest in die Arme, „komm lass uns etwas essen und etwas trinken. Und dann gehst Du schlafen, Du siehst müde aus. Hast Du heute schön gespielt"? Auch Mariechen lag erschöpft in ihrem Bett, das war heute ein schwerer Tag gewesen. Zuerst hatten sie sich gefragt, ob sie der Kleinen wirklich so ein Elend zumuten konnten und dann hatte dieses kleine Mädchen mit dem großen, reinen Herz, so viele Menschen gerettet. Ja, Elisabeth war ein gutes Kind. Schon war auch sie eingeschlafen. Sie schlief so fest, dass sie gar nicht bemerkte, wie ihr lieber Mann im Traum zu ihr sprach. „Mein liebes Mariechen, ruh Dich gut aus, schlaf schön. Ich werde immer über Dich und die Kleine wachen. Mach Dir keine Sorgen".

Arme Menschen und reiche Menschen, warum ist das so?

Elisabeth sah Mariechen schon auf ihrer Bank sitzen, als sie in den Garten kam. „Hallo, Mariechen, warte, ich komme gleich. Ich muss noch eben kurz etwas Gras für meine Mollie pflücken, damit sie keinen Hunger bekommt". Schon flitzte die Kleine mit einer Hand voll frischem Gras ins Haus zurück. Unterdessen kam der große, weise, alte Vogel geflogen. Er setzte sich zu Mariechen, so warteten sie gemeinsam auf ihre kleine Freundin. „Uiiih, Du bist ja auch schon da", begrüßte Elisabeth ihn freudestrahlend. Sie hatte ihre Mollie versorgt, nun konnte es los gehen. „Wohin fliegen wir denn gleich", wollte sie aufgeregt wissen. Sie freute sich jeden Tag aufs Neue, ihre zwei Freunde zu sehen und mit ihnen gemeinsam den Menschen zu helfen. Es machte ihr mittlerweile große Freude, die Welt ein wenig zu verbessern. Ja, und sie hatte schon sehr viel gelernt und auch viel von der Welt gesehen. Die Welt war schon sehr spannend, aber auch sehr merkwürdig, fand sie. „Heute fliegen wir ein Weilchen und dann zeigen wir zwei Dir etwas sehr Schönes", antwortete der große, weise, alte Vogel. So pustete Elisabeth in ihr Röhrchen und sie schwebten in ihrer bunten Seifenblase langsam davon. Nach einer Weile sah unsere kleine Freundin ein großes, sehr schönes Haus. Das Haus sah aus wie ein Schloss aus einem Märchen. Ihre Mami las ihr am Abend oft eine Geschichte oder ein Märchen vor. Darin kamen oft Schlösser, Könige und Prinzessinnen vor und immer lebten sie in einem schönen Schloss. Ja, so ein Schloss musste schon etwas Feines sein. „Schau, Mariechen, ist das dort unten ein Schloss? Wohnt dort ein König oder eine hübsche Prinzessin"? Elisabeths Neugierde war geweckt. Mariechen lächelte, sie freute sich, dass die Kleine so aufmerksam war. „Nein, Elisabeth, das ist kein Schloss. Dort unten lebt auch kein König und keine Prinzessin". „Schade, ich hatte mich schon so gefreut, aber wer wohnt denn da"? „Wart noch ein Weilchen, dann landen wir auf der großen Wiese inmitten des Gartens. Gleich da vorne", wies der große, weise, alte Vogel sie wieder einmal an. Nachdem sie ihre bunte Seifenblase vorsichtig aufgesetzt hatten, schaute Elisabeth sich gespannt um. Wenn hier kein König und keine Prinzessin wohnten, wer wohnte hier denn dann? „Elisabeth, hier wohnt ein sehr reicher Mann mit seiner Frau. Die zwei sind so reich, dass es sich die anderen Menschen kaum vorstellen können. Das Haus ist wirklich fast so groß und so wunderschön, wie ein Schloss. Da hast Du recht. Es hat über zwanzig Zimmer, weil das Haus so groß ist, brauchen die zwei sehr viele Angestellte, die alles in Ordnung

94

halten. Und, sieh hier, der große Garten. Für den Garten werden allein drei Gärtner benötigt, um alles in Ordnung zu halten. Alle Angestellten fahren am Abend nach Hause, nur der reiche Mann und seine Frau wohnen hier ganz allein". Das konnte sich Elisabeth kaum erklären, warum brauchten zwei Menschen ein so großes Haus? Und einen so riesigen Garten? Komm, wir gehen einmal in das Haus, eine nette Angestellte weiß darüber Bescheid, dass wir heute kommen. Es ist also kein Problem". Schon traten sie durch eine wunderschöne, breite Tür in das riesige, prunkvolle Haus. Überall an den Wänden hingen Bilder, Statuen standen in den Ecken der Zimmer. „Schau Dir einmal das Badezimmer an, das ist nur eines von fünfen". Das konnte Elisabeth nicht verstehen, warum brauchten zwei Menschen fünf Badezimmer? Wussten sie denn eigentlich, welches sie wann benutzten? „Wo sind der Mann und die Frau jetzt, die hier wohnen", wollte sie wissen. „Die zwei machen gerade eine große Reise, sie haben sehr viel Geld, sie sind unglaublich reich. Sie machen sie oft teure Reisen und kaufen sich Kleidung und Autos für sehr viel Geld. So denken Sie, sie sind glücklich. Aber in ihren Herzen sind sie sehr einsam, sie haben es nur noch nicht gemerkt. Dieses große Haus ist so leer, am Abend, wenn die Angestellten nach Hause gegangen sind, hören sie nur noch ihre eigenen Stimmen. Das ist ganz furchtbar, in diesem Haus wird nicht gelacht, man ist nicht mehr fröhlich und darüber kann auch keine schöne Kleidung oder kein neues, teures Auto hin weg trösten". „Das ist aber alles komisch", überlegte Elisabeth. „Warum ist das nur so? Meine Mami, mein Papi und ich, wir wohnen in einem Haus, das ist lange nicht so groß wie dieses. Und es ist schön, es ist ein fröhliches Haus. Und jetzt, wo auch noch meine Mollie bei uns wohnt, ist es noch viel lustiger, hier ist alles irgendwie komisch. Meine Mami und mein Papi sind auch jeden Tag zu Hause, sie machen keine großen Reisen. Wir fahren manchmal zum Zelten, da haben wir immer sehr viel Spaß. Ich glaube, wir sind glücklich zusammen. Wenn wir das nächste Mal zum Zelten fahren, darf ich auch meine Mollie mit nehmen, hat meine Mami gesagt". „So, jetzt wollen wir uns noch etwas anschauen", der große, weise, alte

Vogel drängte ein wenig. Sie hatten heute noch ein anderes Ziel und das war nicht so schön anzuschauen. Fix pustete Elisabeth in ihr Röhrchen und auf ging die kleine Reise. Sie schwebten gemächlich durch die Luft, bis der große, weise, alte Vogel sagte, sie müssen jetzt gleich landen. „Aber, warum denn hier? Hier gibt es doch nur eine große Brücke, gibt es denn hier etwas Besonderes zu sehen"? Elisabeth war ein wenig enttäuscht, sie hatte gedacht, sie würden sich noch ein schönes Haus anschauen, auch wenn das große, schöne Haus doch irgendwie traurig gewesen war, so allein, so ganz ohne Menschen und Leben darin. „So, Elisabeth, wir schauen jetzt einmal unter die Brücke", riss Mariechen sie aus ihren Gedanken. Unter der Brücke floss kein Wasser, es gab hier keinen Fluss, vor langer Zeit war die Eisenbahn hier entlang gefahren, aber irgend-wann hatten die Menschen die Bahnstrecke verändert, so war die alte Brücke in Vergessenheit geraten. Unsere drei Freunde spazier-ten etwas an den alten, verrosteten Gleisen entlang. Elisabeth war unheimlich zumute, sie fand es hier gruselig, alles war so dunkel und sah sehr traurig aus. Die Brückenpfeiler waren komisch be-malt, das würde ihre Mami sicher nicht lustig finden, wenn sie Zuhause die Wände bemalte, dachte sie noch. Dann sah sie sehr viel Müll, der von den Menschen einfach abgelegt worden war. Das ist aber nicht schön, nein, hier ist es gar nicht schön. Hier mag ich nicht gerne sein, wie gut, dass Mariechen und der große, weise, alte Vogel mich begleiten, Elisabeth fühlte sich nicht sehr wohl in ihrer Haut. Schon sah sie einige große Pappkartons unter der Brücke, auf manchen Pappkartons lagen Menschen. Menschen, die schliefen, Menschen, die sich auf einem kleinen Kocher eine Suppe aufwärmten, manche hatten einen großen Hund dabei, andere sahen sehr komisch aus, hatten sich die Haare in bunten Farben gefärbt oder ihre Haare standen hoch. Einige tranken Alkohol, alle waren sehr überrascht, als sie unser merkwürdiges Trio sahen. Was hatte denn das zu bedeuten? Eine alte Frau, ein kleines Mädchen und ein großer Vogel, die drei spazierten hier unter ihrer Brücke entlang, als sei das ganz selbstverständlich. Nur das kleine Mädchen wirkte etwas erschrocken, so als hätte es Angst vor ihnen. Hier aber war ihr Reich, sie duldeten hier niemanden. „Was wollt Ihr hier? Wollt Ihr nur herum gucken? Habt Ihr etwas Geld für mich", fragte einer, er sah unsere drei Freunde böse an. Was wollten die denn hier? Hier verirrte sich normalerweise niemand her. „Mariechen, warum schlafen die Leute hier auf Pappkartons, warum haben sie kein Bett? Das verstehe ich nicht, man doch nicht auf dem kalten Boden hier schlafen. Wo wohnen sie denn"? „Elisabeth", der große, weise, alte Vogel setzte zur Erklärung an. „Diese Menschen, die Du hier siehst, sind sehr bedauernswerte, arme Menschen. Sie haben keine Wohnung, sie haben keine Arbeit und sie haben kein Geld. Am Tage gehen sie auf die Straße und betteln die Leute an, die vorbei gehen. Wenn sie Glück haben, haben sie am Abend gerade genug Geld zusammen gebettelt, dass sie sich eine warme Suppe kaufen können oder ein Brot. Manche von ihnen sind so traurig, dass sie versuchen, ihren Kummer und ihr Leid mit Alkohol zu betäuben. Andere haben nur ihren Hund als treuen Freund, der immer zu ihnen hält. Aber auch ein Hund möchte etwas zum Fressen haben. Und weil sie keine Arbeit haben, bekommen sie keine Wohnung, wer aber keine Wohnung hat, bekommt keine Arbeit. Irgendwann haben sie sich aufgegeben, jede Hoffnung auf ein geregeltes Leben verloren. Hier unter dieser Brücke finden sie so etwas wie ein Zuhause, eine Familie, in der sie akzeptiert werden. Im Winter wird es leider so kalt, einige von ihnen sind schon im Schlaf erfroren oder sie wurden krank, einen Arzt können diese Leute nicht besuchen, weil sie kein Geld dafür haben. Diese Menschen sind wie eine Familie, so halten sie auch zusammen, wie eine große, von der Gesellschaft vergessene Familie". Das konnte Elisabeth sich kaum vorstellen, sie hatte am Abend ihr Bettchen, ihre Mami deckte sie immer so schön liebevoll zu und las ihr noch etwas vor. Hier schliefen die Menschen auf einem Pappkarton auf den kalten Steinen und keiner deckte sie zu und sagte ihnen Gute Nacht. Das war doch traurig, warum gab es denn solche armen Menschen? Das konnte sie nicht verstehen, sie hatten doch erst vorher das große Haus gesehen, in dem nur zwei Leute wohnten. Warum wohnten manche Menschen in so einem großem Haus und Andere

hatten nicht einmal ein eigenes Bett? Warum teilten die reichen
Menschen nicht einfach mit den armen Menschen? „Mariechen,
warum lassen die reichen Menschen denn nicht diese armen Menschen in ihrem großen Haus wohnen? Es ist doch so groß, dort gibt
es so viel Platz. Dann wären sie doch nicht immer allein in dem
großen Haus. Es wäre jemand da und diese armen Menschen hier
hätten ein Bett und könnten in der Nacht schön schlafen. Sie könnten sich am Morgen und Abend schön waschen, etwas zu Essen
machen. Man kann doch nicht auf den Steinen schlafen. Das verstehe ich nicht. Wir müssen die reichen Menschen hier her holen, um
ihnen zu zeigen, wie diese Menschen hier leben. Wenn es gute
Menschen sind, werden sie ihnen helfen". Genau das hatten Mariechen und der große, weise, alte Vogel hören wollen. Sie waren
zufrieden. „Auf geht′s", rief der große, weise, alte Vogel erfreut.
Schnell hatte Elisabeth in ihr Röhrchen gepustet und sie schwebten
für eine Weile, bis sie wieder zu dem schönen, großen Haus
kamen. Sie hatten Glück, die reichen Menschen waren gerade von
einer Reise zurück gekommen. Es hatte ihnen aber nicht wirklich
Freude gemacht, in das große Haus zu gehen, weil es so leer war.
Jedes Mal waren sie traurig, wenn sie wieder allein waren. So kam
ihnen dieser wundersame Besuch gerade recht. „Wer sind denn Sie?
Wie kommen Sie denn hier her? Treten Sie bitte ein", der reiche
Mann begrüßte unsere drei Freunde. Er staunte ein wenig darüber,
dass diese alte Dame mit dem süßen, kleinen Mädchen an der Hand
von einem großen Vogel begleitet wurde. Noch mehr staunte er,
als der Vogel, wie selbstverständlich, auch eintrat. „Setzen Sie sich
doch bitte, meine Frau wird auch gleich kommen. Möchten Sie
etwas trinken"? Das war eine nette Begrüßung, ein guter Anfang.
Diese Menschen waren reich, sehr reich, aber sie hatten ihr Herz
auf dem rechten Fleck, das spürte Mariechen sofort. „Wissen Sie",
begann der reiche Mann zu erzählen, „wir kommen gerade von
einer großen Reise zurück. Meine Frau und ich konnten leider
keine Kinder bekommen, so reisen wir jetzt sehr viel und schauen
uns die Welt an. Unser großes Haus ist so leer und so traurig, wir
sind hier nicht gerne. Es macht uns immer sehr traurig, so dass wir

meist schnell wieder unsere Koffer packen und auf die nächste Reise gehen. Ein leeres Haus kann kein Zuhause sein". Schon war die
reiche Frau hinzu gekommen, sie lächelte unsere drei Freunde an.
„Oh, wir haben Besuch, na, das ist ja eine Freude. Wie geht es
Ihnen und wer sind Sie? Können wir Ihnen irgendwie helfen"? Der
große, weise, alte Vogel wollte die nette Frau mit dem warmen
Lächeln nicht gleich erschrecken, so ließ er Mariechen erzählen.
Die erzählte nun den beiden reichen Menschen von den Leuten, die
auf der Straße leben mussten. Wie schrecklich es sei, dass diese
Menschen kein Bett und keine Wohnung haben. Sie erzählte auch,
dass manche von ihnen im Winter erfroren waren. Der reiche
Mann und seine Frau hatten aufmerksam zugehört. Wir möchten
den Leuten gerne helfen, aber wie? Wir wissen ja noch nicht einmal, wo diese Leute wohnen. Und diese Leute werden kaum mit
uns reden wollen, was denken Sie? Aber wir werden auf jeden Fall
etwas tun". Mariechen sah, wie erschüttert die Frau war, ihr Mann
hatte schweigend zugehört. Es musste auf jeden Fall etwas getan
werden, das war ihnen klar. Nun fasste sich der große, weise, alte
Vogel ein Herz. Er brauchte sich keine Sorgen mehr machen, dass
sich diese freundlichen Leute vor ihm erschrecken würden. Sie
hatten so ein gutes, reines Herz, das fühlte er. „Hören Sie zu", begann er. „Wenn Sie mit uns kommen, können wir gemeinsam den
armen Menschen helfen. Ihr wunderschönes Haus ist doch so groß
und sie leben ganz allein hier. Ein wenig Leben im Haus würde
Ihnen sicher sehr viel Freude machen. Glauben Sie mir. Dazu müssen Sie mit uns kommen, wir werden eine kleine Reise machen.
Lassen Sie uns nach draußen gehen". Das Ehepaar staunte nicht
schlecht, als Elisabeth in ihr Röhrchen pustete, Mariechen nahm die
zwei fix an die Hände und schon saßen sie alle vier in einer riesengroßen, bunten Seifenblase und schwebten durch die Luft. Sie hatten schon viele Reisen gemacht, aber in einer Seifenblase waren sie
noch nie geflogen. Hier ging etwas Wunderbares vor sich. Sie fühlten, dass ihre Herzen nicht mehr leer sein würden, wenn diese
Reise zu Ende ging. Sie wunderten sich auch gar nicht darüber, dass
ein großer Vogel mit ihnen gesprochen hatte, nein, es fühlte sich

alles ganz richtig an. Sie würden eine Reise in ihr eigenes Glück machen. Eine wunderbare Reise. Dann landeten sie mit ihrer bunten Seifenblase wieder an der traurigen Eisenbahnbrücke. Die armen Leute schliefen fast alle schon, nur einige waren noch wach. Die reiche Frau schaute entsetzt, sie konnte nicht glauben, was sie hier sah. Dass es den Menschen so schlecht gehen konnte, hatte sie nicht gewusst. Sie wusste sofort, was sie und ihr Mann zu tun hatten. „Mein lieber Schatz, wir werden all diesen armen, bedauernswerten Menschen ein Zuhause geben. Komm, wir nehmen sie erst einmal alle mit zu uns in unser Haus. Diese Leute werden unser Haus mit Leben und unsere Herzen mit Liebe erfüllen". So gingen sie schnell unter der Brücke entlang, sie weckten die Schlafenden, de r reiche Mann begann mit seiner Ansprache: „Steht auf, kommt alle mit, mit zu uns. Wir werden Euch ein schönes Zuhause geben, Ihr könnt Euch in einem richtigen Haus, in einem warmen Bett ausschlafen. Die Schwachen und Kranken unter Euch werden schnell wieder zu Kräften kommen. Ja, wir werden gemeinsam leben, wie eine richtige, große Familie. Wir haben ein sehr großes Haus, es ist ganz leer und traurig, aber Ihr werdet es mit Leben füllen. Ihr habt ein Leben in Würde verdient, kein Mensch verdient es, auf der Straße schlafen zu müssen. Das darf nicht sein, also kommt alle mit uns. Lasst uns mit dieser schönen, bunten Seifenblase in ein neues, besseres Leben reisen". Tatsächlich geschah es dann auch so, die armen Leute schauten sich verwundert an. Wollte Ihnen wirklich jemand helfen, Ihnen ein Zuhause und so etwas wie eine Familie geben? Konnte das sein? Ihre eigenen Familien hatten sie längst vergessen und hier kamen fremde Leute, die alte Dame und das blonde, kleine Kind mit dem großen Vogel hatten sie ja schon gesehen. Nun sprach der große, weise, alte Vogel, er hatte gemerkt, dass diese armen Leute Zweifel hatten. „Hört zu, es ist wahr, es ist so, wie dieser liebe Mann es gesagt hat. Folgt ihm, es wird eine Reise in ein besseres Leben werden". Ja, so sollte es dann sein. Elisabeth pustete in ihr Röhrchen, sie alle fassten sich an ihren Händen und flugs schwebten sie in einer großen, bunten Seifenblase davon. So etwas hatte es noch nie gegeben, sie

schwebten gemeinsam in einer großen Seifenblase durch die Luft.
Einfach unglaublich. Hier geschah ein Wunder. Es dauerte nicht
sehr lange, bis sie bei dem großen Haus ankamen. Sanft landeten sie
auf der großen, grünen Rasenfläche, alle verließen die bunte Seifen-
blase ganz vorsichtig. Sie hatten Angst, Angst, dass ihr schöner
Traum zerplatzen würde. So, wie eine Seifenblase zerplatzen konnte. Der reiche Mann winkte ihnen fröhlich zu, „kommt alle herein.
Herein spaziert! Hier seid Ihr jetzt zuhause, es wird schön werden".
So bekamen sie erst einmal alle etwas zu essen, jeder bekam ein
Bett und konnte endlich nach so langer Zeit wieder ein Bad nehmen. Das große, wunderschöne Haus war mit dem vielen Leben
darin jetzt nicht mehr traurig, nein, es wirkte sehr lebendig. Es war
ein fröhliches Haus geworden. Der große, weise, alte Vogel mahnte Mariechen und Elisabeth zum Aufbruch, die Kleine sollte rechtzeitig wieder Zuhause sein. So schwebten sie in ihrer bunten
Seifenblase davon, sahen noch einmal auf das lebendige, fröhliche
Haus herunter, das vorher ein sehr trauriges Haus gewesen war.
Auch die Bewohner des Hauses hatten gute, reine Herzen. Sie
gaben viel Liebe, gaben den armen Menschen, die sie aufgenommen hatten, aber auch die Möglichkeit, sich zu entwickeln. Der reiche Mann besaß eine große Firma, hier konnten viele der neuen
Familienmitglieder direkt eine Arbeit finden, andere besuchten erst
einmal eine Schule. Ja, jetzt wollten sie etwas aus ihrem Leben
machen. Sie sahen wieder eine Zukunft, einen Sinn in ihrem Leben.
Sie waren jetzt nicht mehr von der Gesellschaft und ihren Familien
vergessen, nein, sie hatten eine liebevolle, sehr große Familie gefunden. Alles würde nun gut werden. Mariechen war erleichtert,
als sie wieder bei Elisabeths Zuhause und ihrer Bank gelandet waren. Es war ihnen wieder einmal gelungen, armen Menschen zu
helfen. Sie wusste aber auch, wie viel Glück sie gehabt hatten. Die
reichen Menschen hätten sie auch abweisen können, das war ihr
klar. Dann hätten sie weiter suchen müssen. Aber, hatte der große,
weise, alte Vogel vielleicht gleich gewusst, wo sie um Hilfe und ein
Zuhause bitten mussten? Wenn ja, woher hatte er das gewusst?
Hatten die Weisen im Himmel, von denen er so viel erzählte, ihm

101

direkt den Weg gewiesen? Sie wusste es nicht, sie war müde. „Elisabeth, geh schnell nach Hause, Deine Mami wird schon auf Dich warten. Wir sehen uns morgen wieder". Sie verabschiedeten sich noch schnell und Elisabeth verschwand. „Mami, heute Abend freue ich mich ganz doll auf mein Bett. Es ist so schön warm und kuschelig. Liest Du mir dann noch eine schöne Geschichte vor? Von einem großen Schloss und vielen Prinzen und Prinzessinnen"? Schwupps, lag unsere kleine Freundin am Abend in ihrem Bett, sie hatte sich schon ganz fest zugedeckt, als ihre Mami herein kam, um ihr eine schöne Geschichte vorzulesen. Ja, so ein kuscheliges Bettchen war etwas Feines, sie dachte noch einmal an die armen Menschen, die auf den kalten Steinen geschlafen hatten. Jetzt haben sie es alle schön, dachte sie noch und schon waren ihr die kleinen Äuglein zugefallen. Der große, weise, alte Vogel aber war, wie jedes Mal, zurück zu den Weisen im Himmel geflogen. Er berichtete ihnen von den herzensguten Menschen, die all den armen, bedauernswerten Menschen ein Zuhaue und eine Familie gegeben hatten und von seiner kleinen Elisabeth, auf die er so stolz war. Es musste sehr schön sein, eine eigene Familie zu haben. Wie schade, dass ihm dieses Glück vorenthalten worden war. Mariechen war am Abend auch schnell zu Bett gegangen, auch sie dachte noch darüber nach, welch ein Glück sie hatte, ein eigenes Bett, eine Wohnung, ein Zuhause zu haben. Schon waren auch ihr die Augen zugefallen. Im Traum erschien ihr wieder einmal ihr lieber Mann. „Mein liebstes Mariechen, ich habe Euch heute zugesehen. Das habt Ihr wirklich sehr schön gemacht. Eine Familie muss zusammen halten, wenn ein Mensch keine eigene Familie hat, muss ihn eine andere Familie aufnehmen. So können alle glücklich zusammen leben. Und diese Menschen, die Ihr um Hilfe gebeten habt, sind wirklich sehr, sehr gute Menschen mit reinen, gütigen Herzen. Heute ist eine große Familie entstanden. Ich freue mich".

Eine Krankheit ist ein Geschenk

Wieder einmal wartete Mariechen auf ihrer Bank, sie freute sich schon darauf, mit ihrer kleinen Freundin Elisabeth und dem großen, weisen, alten Vogel ein neues Abenteuer zu erleben. Die letzten Sonnenstrahlen des Herbstes schienen auf ihr warmes, liebevolles Gesicht. „Ach, lieber Herr Gott, wie dankbar bin ich Dir, dass ich das alles noch erleben darf, dankbar dafür, dass Du mich mit Gesundheit und einem zufriedenem Leben gesegnet hast. Wir werden heute einen schönen Tag haben. Danke". Schon gesellte sich der große, weise, alte Vogel zu ihr. Gemeinsam warteten sie nun auf ihre kleine Freundin Elisabeth. Von weitem hörten sie die bezaubernde Kleine rufen: „Hallo, Ihr zwei. Wie geht es Euch?" „Oh, mein Kind, danke", antwortete Mariechen. „Es ist alles gut, heute ist wieder einmal ein schöner Tag. Schau, die Sonne wärmt uns noch ein wenig das Gesicht, auch die letzten Blätter fallen nun langsam von den Bäumen, so dass diese bald in den Winterschlaf gehen können. Im nächsten Jahr werden sie dann wieder mit voller Kraft austreiben, damit wir Menschen ihren Schutz genießen können. Und alle Tiere benötigen die Bäume unbedingt als Lebensraum". „Aber wir wollen uns heute nicht die Bäume und die Natur anschauen", warf der große, weise, alte Vogel ein. „Wir wollen heute Menschen besuchen, die sehr glücklich sind". „Oh, das wird fein", freute sich unsere kleine Freundin schon. Das würde bestimmt lustig werden. Bisher hatten sie jedes Mal bei ihren Abenteuern den Menschen helfen müssen, damit sie glücklich werden konnten. Heute besuchten sie Menschen, die schon glücklich waren. Auf diese Menschen war sie sehr gespannt. Wo die wohl lebten und wohnten? Auf ging´s. Elisabeth pustete in ihr Röhrchen, nahm Mariechen fest an die Hand und die große, bunte Seifen-Blase schwebte davon. Unser Freund, der große, weise, alte Vogel begleitete sie, er kannte ja den Weg. Sie schwebten eine Weile durch die Luft, „Mariechen, wenn diese Menschen schon so glücklich sind, warum fliegen wir dann zu ihnen. Wir brauchen ihnen doch gar nicht mehr beim Glücklich-werden helfen"? „Ach, meine

Kleine. Das ist nicht ganz so einfach. Warte ein wenig ab, wir sind gleich bei einem dieser Menschen angelangt. Er wartet schon auf uns". „Nanu, da wartet schon jemand auf uns"? Das überraschte unsere kleine Freundin noch mehr, wer mochte das wohl sein? „Schau, wir werden auf dem Dach der Kirche da vorne landen. Es ist hier ein ganz kleines Dorf und dann wirst Du sehen", rief der große, weise, alte Vogel ihnen zu. Sie hatten kaum aufgesetzt, da hörten sie einen wunderschönen Gesang, so eine schöne Stimme hatte Elisabeth noch nie gehört. Die Stimme war glockenhell, fast so, als wäre sie nicht von dieser Welt, als käme sie aus einem wunderschönen, verträumten Märchen. Und dieser Gesang erst, einfach traumhaft. Sie wollte direkt wissen, woher dieser märchenhafte Gesang kam. „Wer singt denn hier so schön? Ist das eine hübsche Prinzessin"? Elisabeth kannte hübsche Prinzessinnen aus den Märchen und Geschichten, die ihre Mutter ihr am Abend immer vorlas. So einen märchenhaften Gesang konnte man nur von einer hübschen Prinzessin hören, da war sie sicher. „Nein, Elisabeth", lächelte Mariechen. „Hier lebt keine Prinzessin, hier leben im Dorf ganz normale Menschen. Aber eine von ihnen ist etwas Besonderes. Du wirst gleich sehen. Sie hat ein sehr schönes Geschenk von ihrem Gott erhalten". Ein Geschenk war immer etwas Feines, dachte Elisabeth. Geschenke bekam sie auch so gerne, sie freute sich, konnte es kaum erwarten, Geburtstag zu haben. Und wenn Weihnachten vor der Tür stand, war sie jedes Mal wieder ganz aufgeregt. „Lass uns ein wenig gehen, lass uns der Stimme, dem Gesang folgen", Mariechen lächelte ihr zu. So spazierten unsere drei Freunde gemeinsam durch die Dorfstraße, bis sie am Ende der Straße zu einem kleinen Haus kamen. Hier wuchsen rund herum die schönsten Blumen in den prächtigsten Farben. Das kleine Haus war mit Kästen geschmückt, aus denen auch Blumen neugierig ihre Blüten reckten. Hier fühlte Elisabeth sich gleich wohl. Sie hielt einen Moment inne, plötzlich verstummte der Gesang. Die Tür des kleinen Hauses öffnete sich. Eine kleine, alte Frau trat heraus. „Da seid Ihr ja, wie ich mich freue. Es ist schön, dass Ihr da seid". Elisabeth war verwundert, die kleine, alte Frau kannte sie ja gar nicht, sie hatte das Gefühl, dass die Frau sie nicht ein Mal angeschaut hatte. Und warum tastete sie sich mit den Händen im Haus voran? Das war schon ein wenig merkwürdig. „Setzt Euch und seid meine Gäste", bat die alte Frau. „Elisabeth, diese liebe Frau heißt Sophia. Sie kann uns nicht sehen, sie fühlt, dass wir da sind. Lange schon hat sie auf uns gewartet, um Dir von dem Geschenk, das sie von Gott erhalten hat, zu erzählen". Ein Geschenk? Ein Geschenk von Gott, Elisabeth konnte nur noch staunen. „Ja, meine Kleine, komm setz Dich zu mir. Ich bin schon seit meiner Kindheit, ich war ungefähr so alt wie Du, blind. Eine schwere Krankheit hat mir das Augenlicht genommen. Zuerst konnte ich noch unterscheiden, ob es hell oder dunkel war. Jetzt sehe ich nichts mehr". „Oh, das ist ja traurig", antwortete Elisabeth betrübt. Sie dachte daran, wie es sein würde, wenn sie nichts mehr sehen konnte und schloss für einen Moment ihre kleinen Augen. Nein, sie würde ihre Mami nicht sehen können, ihren Papi nicht und auch ihre kleine Mollie nicht. Und was würde mit Mariechen und dem großen, weisen, alten Vogel sein. Sie könnte sie alle nicht sehen, das wäre ja schrecklich. „Nein, meine Kleine. Es ist nicht traurig, Gott hat mir die Krankheit zum Geschenk gemacht. Er hat mir eine wunderschöne Stimme gegeben. Du hast ja eben meinen Gesang gehört. Singen macht mich glücklich, ich bin glücklich. Ich fühle, wenn jemand ein guter Mensch ist und Du hast gesehen, ich taste mich hier im Haus mit den Händen voran, das macht mir Spaß. Und jeden Tag bin ich meinem Gott dankbar für dieses schöne Geschenk. Alles, was ich nicht sehen kann, fühle ich. Etwas erfühlen ist viel schöner, als es einfach nur zu sehen. Glaube mir. Menschen, die ich sehr mag, umarme ich, ich ertaste sie, dann singe ich, wie ich die Menschen fühle. Ja, das ist wirklich ein schönes Geschenk, das mir Gott da anvertraut hat". „Uiiih, wirklich? Das ist ja klasse". „Wir wollen weiter, wir wollen heute noch andere glückliche Menschen besuchen. Sie alle freuen sich schon darauf, uns zu sehen. Komm", der große, weise, alte Vogel mahnte etwas zur Eile. Sie hatten heute schließlich noch einiges vor. Auf ging's, Elisabeth hatte eine große, bunte Seifen-Blase gezaubert und sie schwebten davon, begleitet von dem märchenhaften Gesang der lieben, alten, blinden Frau. Lange noch konnten sie die glockenhelle Stimme hören, bis sie dann immer leiser wurde und etwas später gar nicht mehr zu hören war. Ja, diese alte, blinde Frau war wirklich glücklich, das hatte Elisabeth gespürt. So schwebten sie eine Weile, bis der große, weise, alte Vogel die nächste Landung ankündigte, „siehst Du das große Fußball-Feld? Dort werden wir landen", rief er Elisabeth zu. „Was? Auf einem Fußballfeld"? Aber wenn der große, weise, alte Vogel das so sagte, dann wurde das so auch so gemacht. Also setzten sie ihre bunte Seifen-Blase vorsichtig auf, schon kamen junge Menschen, auch Kinder, mit ihren Rollstühlen angefahren. „Da seid Ihr ja, Ihr kommt gerade rechtzeitig. Gleich geht es los. Wie schön, dass Ihr es geschafft habt". „Nanu", Elisabeth war wieder einmal verwundert, was sollte denn los gehen? „Wir werden hier gleich ein Fußballturnier haben", erklärte einer der Trainer stolz. „Ein Fußballturnier? Wie geht denn das? Ich glaube, die Menschen hier können doch gar nicht laufen? Wie können sie dann Fußball spielen"? Das erstaunte Elisabeth umso mehr. Schon ertönte der Stadionsprecher aus dem Mikrofon. Er forderte die ersten zwei Mannschaften auf, sich bereit zu machen. In fünf Minuten sollte der Anpfiff erfolgen. „Ja, schau, Du wirst staunen", der große, weise, alte Vogel zwinkerte ihr zu. Bei dem ersten Spiel traten zwei Mannschaften, die aus jungen Männern bestanden, an. Alle fuhren fix mit ihren Rollstühlen aufs Spielfeld. Elisabeth sah aufmerksam zu, Fußball spielten die Jungen im Kindergarten immer, so wusste sie genau, dass man den Ball mit dem Fuß treten musste, sie wollte das auch schon mal versuchen, nur die Jungen wollten sie nie mit spielen lassen. „Wie machen sie das"? Elisabeth nahm sich vor, ganz genau hin zu schauen, damit sie hier nichts verpasste. Das erste Tor war gefallen, die Mannschaft jubelte. Was Elisabeth dann sehr erstaunte, war, dass auch die gegnerische Mannschaft laut jubelte. Es war ihnen egal, dass sie ein Tor bekommen hatten, nein, sie jubelten vor Freude, dass ein Tor gefallen war. So ging es weiter, die Spieler hatte eine unglaubliche Freude am Spiel. Sie bewegten sich flink mit ihren Rollstühlen hin und her, unsere kleine Freundin war begeistert. Bei jedem Tor freute sie sich, sie freute sich daran, wie die Spieler voller Begeisterung bei der Sache waren. Hier ging es nicht darum, ein Spiel zu gewinnen, hier ging es einfach darum, Spaß zu haben, gemeinsam Spaß zu haben. So folgten noch einige Spiele, viele Tore wurden bejubelt. Hier gab es eine sehr schöne Stimmung, man konnte förmlich fühlen, wie das Glück in der Luft lag. „Mariechen, diese armen Männer, und erst die armen Kinder, sie können doch gar nicht laufen. Sonst würden sie doch nicht mit einem Rollstuhl herum fahren. Aber sie spielen Fußball, sie freuen sich, das verstehe ich alles nicht". „Ach, Kleine, warte noch einen Moment. Wenn das Spiel zu Ende ist, kannst Du mit ihnen sprechen, sie werden Dir dann erklären, was mit ihnen ist. Warum sie so glücklich sind". Nun war auch das letzte Spiel zu Ende gegangen, Elisabeth durfte auf das Spielfeld laufen. „Das verstehe ich nicht", sagte sie gleich zu einem der Spieler. Der hatte immer besonders laut gejubelt, darum war er ihr gleich aufgefallen. „Du kannst doch gar nicht laufen, warum spielst Du denn Fußball? Bist Du nicht traurig, dass Du nicht laufen kannst"? Der junge Mann begann mit seiner Erzählung. „Ach, weißt Du, vor einigen Jahren hatte ich einen Unfall mit dem Auto. Ich bin auf einer Feier gewesen und hatte auch etwas Alkohol getrunken. So geschah es dann, ein anderes Auto kam mir entgegen und ich konnte nicht mehr ausweichen. Die Feuerwehr musste kommen und mich aus meinem kaputten Auto befreien. Ich lag sehr lange in einem Krankenhaus, musste viele Operationen über mich ergehen lassen. Leider konnten die Ärzte aber meine Beine nicht mehr retten. Sie waren bei dem Unfall zertrümmert und sind jetzt gelähmt. Zuerst war ich natürlich sehr unglücklich und verzweifelt, als die Ärzte mir sagten, was mit mir los ist. Ich habe geschrien, ich habe geweint, ich wollte nicht mehr leben, ich dachte einfach, dass ich nun kein Mensch mehr sei, ohne meine Beine. Was sollte ich noch tun, wenn ich in einem Rollstuhl sitzen muss, habe ich mich immer gefragt. Ich traf im Krankenhaus dann einen Mann, der schon sehr lange nicht mehr auf seinen Beinen laufen konnte. Mit ihm habe ich oft gesprochen, er war so ein lieber Mann. So hat er mir erklärt, dass ich keine Beine brauche, nein, ich habe doch den ganzen Körper und ich habe noch mein Leben. Und … nur das ist wichtig. Ich musste also schnell schauen, aus meinem Leben etwas zu machen. Ich durfte es nicht mehr mit traurig sein und Verzweiflung verbringen. Mein Leben musste wieder einen Sinn bekommen. Ich musste beginnen, es wieder mit Freude aufzufüllen. So begann ich mit dem Fußball spielen. Das hatte ich als Junge schon immer gerne gemacht. Das Spielen mit dem Ball, das Training, alles hat mich dann ausgefüllt und mir Freude gemacht. Ich habe gelernt, dass ich durch meine eigene Dummheit meine Beine verloren habe, ich war selber schuld. Nicht Gott war schuld an dem Unglück, nein, ich selber, schließlich hatte ich betrunken das Auto gefahren. So hat mein Gott mir zwar die Beine genommen, mich dafür aber mit einer so großen Lebensfreude beschenkt, wie ich sie vor dem Unfall nie gekannt habe. Wenn Dir ein Körperteil fehlt, ist das nicht so schlimm, wie alle Leute immer denken. Nein, Du musst Dir Deine Freude am Leben bewahren, Gott wird Dich mit Liebe beschenken, die Du nur weiter geben musst. Das ist ein sehr großes Geschenk. So habe ich begonnen, anderen Kindern, die mit dem Rollstuhl fahren, das Spielen zu lehren. Einige sind nun schon so lange dabei, dass aus ihnen junge Männer geworden sind. Auch sie geben den Kindern wieder Mut und Lebensfreude, ja, das ist eine wirklich schöne Aufgabe. Lebensfreude, Lebensmut und am wichtigsten die Liebe am Leben und die Liebe zu unserem Gott, das ist ein wunderbares Geschenk. Und wir haben das große Glück, dieses Geschenk mit anderen zu teilen". „Oh, das ist ja schön. Darum haben bestimmt auch immer alle gejubelt, wenn ein Tor gefallen ist? Ich habe mich gewundert, dass Ihr alle so glücklich seid. Jetzt weiß ich warum". Elisabeth war zufrieden, sie hatte genau verstanden, was ihr der junge Mann erklärt hatte. „So, wir wollen noch einmal weiter, wir wollen noch einige Kinder besuchen, die ebenfalls so sehr glücklich sind. Elisabeth, Du wirst Dich freuen, glaube mir". So machten sie noch eine kleine Fahrt in ihrer bunten Seifen-Blase. Dieses Mal war es nur eine kurze Reise. Sie setzten ihre bunte Seifen-Blase auf einer Wiese auf. Gleich neben der Wiese sah

Elisabeth einen Spielplatz. Hier gab es eine Rutsche, einen Sand-
kasten, Klettergerüste, Schaukeln, eben alles, was man so von einem Spielplatz kannte. Schon flogen Türen auf. Kinder stürmten
neugierig heraus. Sie wollten alle so gerne die bunte Seifen-Blase
bewundern, die sie aus ihren Fenstern gesehen hatten. „Oh, wie
schön. Ihr seid da". Auch hier wurden fröhlich von einer Frau be-
grüßt. Elisabeth sah sich um, sie sah die Kinder an, aber diese Kinder sahen irgendwie anders aus. Solche Kinder, solche Gesichter
hatte sie noch nie gesehen. Die Kinder sahen nicht so aus, wie die
in ihrem Kindergarten. Sie hatten schmale Augen, die voller Liebe
strahlten. Die Kinder waren sehr lebhaft, konnten aber nicht richtig
sprechen, manche waren klein, andere etwas rundlich. Irgendwie
sahen sie alle merkwürdig aus, fand Elisabeth. „Sie sind so lieb"
dachte Elisabeth bei sich. „Mariechen, was sind das für Kinder? Was
ist mit ihnen? Sie sind so süß und so lieb, aber warum können sie
nicht richtig sprechen? Ich möchte so gerne mit ihnen spielen, darf
ich"? „Ja, Kleine, klar, darfst Du. Bevor Du gehst, hör mir zu. Diese Kinder sind mit einer Krankheit auf die Welt gekommen. Diese
Krankheit nennen die Ärzte das *Down-Syndrom*. Das bedeutet, dass
diese Kinder geistig nicht so weit entwickelt sind, wie andere Kinder. Sie sind nicht dumm, das darfst Du nicht denken. Ihr Gehirn
arbeitet und denkt anders, als das gesunder Kinder. Das macht aber
gar nichts, schau sie dir an. Schau, wie glücklich sie sind. Sie haben
Freude am Leben, gehen liebevoll miteinander um, es macht ihnen
nichts, dass sie nicht sprechen können. Sie sprechen ihre eigene
Sprache, die Sprache des Glücks, der Liebe und der Lebensfreude.
Manche Eltern bekommen einen großen Schreck, wenn ihr Kind
mit dieser Krankheit geboren wird. Oft sind sie mit der Erziehung
und Betreuung ihres Kindes überfordert, obwohl sie ihre Kinder
über alles lieben. Das ist so und das muss man verstehen, am Tage
kommen die Kinder dann hier her. Hier ist eine Tages-Stätte für
die Kinder, sie können gemeinsam spielen und lernen, Freunde
finden, mit denen sie sich verständigen können. Sie fühlen sich hier
wohl. Es sind wirklich sehr dankbare und glückliche Kinder. Sie
denken nicht über ihr Schicksal, über ihre Krankheit nach, nein, sie

sind so wie sie sind. Sie sind glücklich, schon glücklich auf die Welt gekommen. Lange haben die Ärzte geforscht, aber es gibt kein Heilmittel für diese Krankheit. Bei den vielen Forschungen haben die Ärzte dann heraus gefunden, dass sie schon während der Schwangerschaft feststellen können, ob das Baby, das im Bauch der Mutter wächst, diese Krankheit in sich trägt. Die Eltern dürfen dann entscheiden, ob sie das Baby bekommen möchten, oder ob die Ärzte es töten sollen, so dass es gar nicht erst zur Welt kommt. Das ist sehr traurig und für die Eltern immer wieder eine schwere Entscheidung. Kein Mensch sollte über Leben und Tod entscheiden dürfen, das darf nur unser Gott entscheiden. Viele Eltern nehmen das Geschenk der Lebensfreude dankbar an. So ein Kind gibt so viel Liebe, es hat so viel Lebensfreude in sich, es ist ein Geschenk Gottes. Und nun lauf, Du möchtest doch noch spielen". Elisabeth rutschte, spielte mit ihren neuen Freunden im Sand, sie schaukelten. Sie verstanden sich, auch ohne Worte. Viel schöner und wichtiger als irgendwelche gesprochenen Worte war das fröhliche Lachen der Kinder. Nachdem sie nun eine Zeit lang mit den Kleinen gespielt hatte, sie hatten wirklich alles ausprobiert, winkte der große, weise, alte Vogel zum Aufbruch. Sie wollten Elisabeth noch eine glückliche Frau zeigen. Diese Frau lebte gar nicht so weit entfernt in einem kleinen Dorf. Nach einigen Minuten in ihrer bunten Seifen-Blase waren sie schon angekommen. „Siehst Du die bunten Blumen und all die Figuren da vorn im Garten bei dem kleinen Häuschen? Da wollen wir landen, dort werden wir schon erwartet", dieses Mal gab Mariechen die Anweisung zur Landung. Obwohl der Herb st schon seinen Einzug gehalten hatte, blühten in dem Garten bunte Astern, Sonnenblumen streckten ihre gelben Blüten in den Himmel, der wilde Wein hatte sein Lauf bereits rot gefärbt, in den Ecken des Gartens lagen einige Sträucherhaufen. Elisabeth sah sich um, „warum liegen denn die Haufen mit den Sträuchern hier rum? Räumt die niemand weg"? „Nein, Elisabeth, diese Haufen dienen den Igeln als Unterschlupf, und nicht nur die Igel finden hier ein Zuhause, auch alle anderen kleinen Insekten und Krabbelkäfer. Sie fühlen sich in so einem Haufen wohl, finden genügend Nahrung, Wärme und Schutz, um den Winter zu überstehen". „Das ist ja schön", Elisabeth war wieder einmal begeistert. „Hallo, schön, dass Ihr da seid. Ich habe schon auf Euch gewartet. Kommt ins Haus, es gibt einen Kräutertee und Kekse habe ich auch schon gebacken. Die Frau, die unsere drei Freunde herein bat, sah sehr glücklich aus, das merkte Elisabeth sofort. Nun war sie neugierig auf das Haus, von außen war es schon sehr farbenfroh und einladend. An den Wänden prangten nicht nur lebende Blumen, nein, jemand hatte auch sehr große, blaue Blumen an die Hauswände gemalt. Das sah vielleicht lustig aus. Im Haus war es genau so schön, fand Elisabeth. Viele bunte Bilder hingen an den Wänden, die Möbel waren alle bunt bemalt, Elisabeth konnte sich gar nicht genug umsehen, was es hier alles zu sehen gab… „Kommt, setzt Euch. Lasst den Tee nicht kalt werden und greift bei den Keksen zu, ich habe sie extra für Euch gebacken. Ich wusste ja, dass Ihr mich heute besuchen kommt. Oh, wie ich mich freue. Ich erzähle Dir gern meine Geschichte, kleine Freundin". Die Frau hat mich ihre Freundin genannt, Elisabeth freute sich sehr. Die Freundin von so einer liebevollen, glücklichen Frau, die alles bunt bemalte, wollte sie gerne sein. „Ach, meine Kleine, hör zu, hier war es nicht immer so, nicht so bunt und fröhlich, wie es jetzt ist. Nein, dieses Haus war ein sehr trauriges Haus. Ich hatte vor einigen Jahren Kummer, sehr großen Kummer. Mein Mann, den ich sehr geliebt habe, war gestorben, meine Kinder haben das Haus verlassen. Sie sind in die Stadt gegangen, um dort Arbeit zu finden, so wie alle Kinder es machen, wenn sie erwachsen werden. Das Allein-Sein und der Schmerz um den Verlust meines lieben Mannes machten mich sehr traurig. Ich fühlte mich einsam und verlassen. Mein Herz war kalt und hart wie ein Stein geworden. Es dauerte nicht lange, da wurde ich krank, schwer krank. Sehr schwer krank. Essen mochte ich nicht mehr, trinken mochte ich nicht, am liebsten wollte ich nicht mehr leben. Mein Körper hatte Schmerzen, das wurde so schlimm, dass ich endlich zu einem Arzt gegangen bin. Der Arzt hat mich nach der Untersuchung ganz ernst und traurig angesehen und mir gesagt, ich hätte nicht mehr lange zu leben. Krebs hätte ich, Krebs ist eine schwere Krankheit, sehr viele Menschen sterben am Krebs. Diese Krankheit ist fast nicht heilbar. So ging ich nach Hause und wartete darauf zu sterben. Das war für meine Kinder und mich eine sehr traurige Zeit. Ich schlief sehr viel und nahm unglaublich viele Medikamente wegen der Schmerzen ein. Mein Zustand verbesserte sich nur nicht, nicht ein bisschen, im Gegenteil, die Krankheit zerfraß mich immer weiter. In der Nacht konnte ich selten schlafen und am Tage war ich zu erschöpft, um irgendetwas zu tun. Meine Tochter hatte mir gesagt, ich solle mich in den Garten setzen, sicher würde die frische Luft mir gut tun. So befolgte ich ihren Rat und hatte ein ganz besonderes Erlebnis. Die Sonne schien mir warm ins Gesicht, ich merkte plötzlich, dass es ein sehr schöner Tag war. Nachdem ich den Schmetterlingen etwas bei ichrem fröhlichen Spiel zugesehen hatte, war ich wohl eingeschlafen. Ich fühlte, wie eine Stimme, die nicht von dieser Welt war, zu mir sprach und mir erklärte, ich solle mein Leben nicht weg werfen und auf den Tod warten. Nein, ich sollte mich und mein Leben verändern. Freude sollte ich mir suchen, gesunde Nahrung aus frischen Gemüse essen, kein Fleisch oder anderes Tier. Das sei nicht gut für mich. Viel Obst sollte ich zu mir nehmen, riet mir diese wunderbare Stimme. Und ich sollte beginnen, das Leben zu lieben. Einen Moment später wachte ich auf und dachte, das sei ein merkwürdiger, aber sehr schöner Traum gewesen. Ich fühlte eine unglaubliche Kraft in mir, so tat ich, wie die Stimme mir geraten hatte. Ich kaufte etwas Farbe, immer schon wollte ich die traurigen, eintönigen Hauswände bemalen. So begann ich mit der ersten Wand, das hat mir so viel Freude gemacht, ich spürte keine Schmerzen mehr, ich fühlte nur diese unglaubliche Kraft. Ich machte immer weiter, bemalte das Haus, dann kamen meine Möbel dran. Schau, wie viele bunte Bilder ich gezaubert habe. Während dieser Zeit dachte ich immer an das, was die Stimme mir aufgetragen hatte, ich aß nur noch Obst und Gemüse, trank sehr viele Kräutertees, ich habe gut für meinen Körper gesorgt. Nach einigen Wochen fühlte ich überhaupt keine Krankheit mehr. Dennoch musste ich ja immer zu meinen Untersuchungen ins Krankenhaus gehen. Der Arzt schaute mich ungläubig an, er untersuchte mich noch ein Mal sehr gründlich. Die Krankheit, die meinen Körper zerfraß, war nicht mehr da. Ich hatte meinen Körper und mein Herz selber geheilt. Das war ein Wunder. Durch die Liebe zum Leben konnte ich meinen Körper heilen. Denke daran, mein Kind, sei immer gut zu Deinem Körper, zu Deinem Herzen, aber auch besonders zu Deiner Seele und Deinem Geist. Dann wirst Du ein langes, glückliches Leben haben. Vergifte Deinen Körper nicht mit Kummer, Ärger, Streit oder schlechten Gedanken, das tut ihm nicht gut". Elisabeth konnte die Frau nicht lange genug ansehen, sie konnte gar nicht glauben, dass diese Frau so schwer krank gewesen sein sollte. Sie strahlte doch so vor Glück, aber sie wollte auf jeden Fall beherzigen, was sie ihr gesagt hatte. Schnell noch trank sie den Rest von dem Tee, der so lecker geschmeckt hatte, aß noch ein Plätzchen und sah sich in dem bunten, fröhlichen Haus um, bevor die Reise wieder weiter ging. „So, wir wollen aufbrechen. Du sollst ja rechtzeitig wieder zu Hause sein. Das ist wichtig, damit Deine Mutter sich keine Sorgen macht. Behalte alles, was wir Dir heute gezeigt haben, im Herzen. Es wird Dir immer eine Hilfe sein, wenn Du Dich mal nicht gut fühlst". Kaum saßen sie in ihrer bunten Seifen-Blase kuschelte sich Elisabeth an Mariechen. „Ich hab Dich ganz doll lieb, Mariechen". Schon war sie in Mariechens Armen eingeschlafen. Am Abend erzählte sie ihrer Mutter von dem schönen Gesang, den Fußballspielen, von den Kindern, mit denen sie gespielt hatte. „Mami, ich möchte immer glücklich sein". Elisabeths Mutter schüttelte wieder einmal den Kopf. Ihre Kleine war so bezaubernd, sie hatte eine blühende Phantasie und ein Talent, Geschichten so zu erzählen, als hätte sie sie selbst erlebt. Die Kleine war schon ein besonderes Kind, ein besonderes, glückliches Kind. Sie sprach ein Gebet, dankte Gott dafür, dass er ihr dieses wunderbare Kind zum Geschenk gemacht hatte und bat ihn, er möge die Kleine immer glücklich machen. Bei sich dachte sie, wie schade, dass ich meine Mutter nie kennen lernen konnte. Wo mag sie wohl sein? Ob sie noch lebt? Wer weiß das schon? Nur einer konnte das wissen, Gott im Himmel. So bat sie auch darum, ihre Mutter vielleicht in die Arme schließen zu können. Mariechen war bereits nach Hause gegangen. Sie dachte noch lange über die glücklichen Menschen, die ihre Krankheit als Geschenk angenommen hatten, nach. Es war schön gewesen, zu sehen, welche Lebensfreude diese Menschen hatten. Ja, sie lebten und sie waren glücklich, glücklich über ihr Leben, über das große Geschenk, das sie von Gott bekommen hatten. Sie behandelten dieses Geschenk wie einen großen Schatz. Der große, weise, alte Vogel war am Abend auch wieder zu seinen Freunden, den Weisen, die hoch über den Wolken leben, geflogen. „Ach, es war so schön, all diese Menschen zu sehen, die ihre Krankheit als Fügung, als Geschenk angenommen hatten. Sie waren glücklich und unsere kleine Elisabeth hat das verstanden. Sie hat heute sehr viel gelernt, dabei hatte sie aber auch sehr viel Freude, reine Lebensfreude. Es war so wichtig, ihr auch das zu zeigen. Wir werden sie immer auf dem richtigem Weg führen, das verspreche ich Euch". So ging für unsere drei Freunde wieder ein Mal ein langer, dafür aber umso schönerer Tag zu Ende. Morgen würden sie sich wieder sehen und ein neues Abenteuer erleben.

Menschen, die eine schwere Last tragen müssen

„Mariechen, wohin geht´s denn heute mit uns"? wollte unsere kleine Freundin wissen. Langsam wurde es schon etwas kälter, auch der Herbst neigte sich dem Ende entgegen und musste für den Winter, der nun bald kommen würde, Platz machen. „Warte noch ein Weilchen, bis unser Freund kommt. Er wird es Dir erklären". Heute hatten sie eine schwere Reise mit der Kleinen vor, es gab Dinge auf dieser Welt, die sie ihr erklären und zeigen mussten. Auch wenn sie noch so schrecklich waren und sich manchmal dann doch nicht ändern oder verbessern ließen. Im gleichen Moment kam er auch schon geflogen, unser Freund, der große, weise, alte Vogel. „Komm, mach uns eine bunte Seifen-Blase und wir fliegen in ein Land, das weit entfernt ist", sagte er zu unserer kleinen

Elisabeth. Sogleich erledigte sie ihre Aufgabe, fasste Mariechen fest an die Hände und sie schwebten los. Die Reise ging über ein sehr großes Meer. Elisabeth sah riesengroße Schiffe auf dem Wasser schwimmen, aus ihrer bunten Seifen-Blase heraus sahen sie aus wie kleine Spielzeugschiffe. Wenn sie badete, spielte sie so gerne mit ihren kleinen Plastik-Schiffen in der Wanne. Kurze Zeit später rief der große, weise, alte Vogel zur Landung. „Siehst Du? Wir werden kurz vor dem großen Gebäude, das Du jetzt sehen kannst landen. Siehst Du den großen Zaun und die Mauer, die das Gebäude umgeben"? Ja, das konnte Elisabeth sehen, „Warum gibt es denn hier so einen großen Zaun? Das ist irgendwie unheimlich". Sie landeten sicher und traten aus ihrer Seifen-Blase, Mariechen nahm unsere kleine Freundin an die Hand, sie spazierten los. Der große, weise, alte Vogel ging ernst voraus. Dann sah Elisabeth Menschen, eine Menge Menschen, sie riefen alle etwas. Einige trugen große Schilder vor sich her, immer wieder riefen sie das Gleiche, aber Elisabeth konnte nicht verstehen, was sie riefen. Sie sprachen eine andere Sprache. Was passierte hier nur? Der große, weise, alte Vogel schritt nun an ihrer Seite, als plötzlich ein Mann, der aussah wie die Soldaten, die Elisabeth ja nun schon öfter gesehen hatte, vor unsere drei Freunde trat. „Wo wollen Sie hin"? Elisabeth bekam etwas Angst, der Mann guckte so böse. Schnell drückte sie fest Mariechens Hand. „Warum guckt der Mann so böse", flüsterte sie. Mariechen erklärte dem bösen Mann etwas, etwas, das Elisabeth nicht verstand, auch Mariechen sprach plötzlich in einer anderen Sprache. Der Mann, der so böse aussah, lächelte plötzlich freundlich und ließ unsere drei Freund eintreten. „Elisabeth, meine bezaubernde Kleine. Hör jetzt gut zu. Wir sind hier in Amerika". Da staunte unsere kleine Freundin aber. Amerika war doch ganz weit, wirklich sehr weit weg. Das wusste sie aus dem Kindergarten. „Warum sind wir hier"? „Kleine, wir sind hier in einem Gefängnis. In einem Gefängnis werden Menschen untergebracht, die ein Verbrechen begangen haben. Ein Verbrechen ist etwas sehr Böses. Manche dieser Leute hier haben Diebstähle begangen, andere haben andere Menschen verletzt oder sogar getötet. Sie haben alle eine große Schuld, eine schwere Last auf sich geladen. In Amerika gibt es Gesetze, die sagen, dass sehr böse Menschen sterben müssen. Das ist das Urteil, das Todes-Urteil. Gleich treffen wir Johnny, Johnny soll heute sterben, sagen die Richter. Du hast die Menschen gesehen, die draußen vor dem Tor waren mit ihren Plakaten. Sie möchten nicht, dass Johnny sterben soll. Sie möchten nicht, dass überhaupt ein Mensch sterben soll, auch wenn er eine noch so schwere Schuld auf sich geladen hat. Komm, wir gehen jetzt zu Johnny, er bekommt noch seine letzte Mahlzeit, die Henkers-Mahlzeit, sagt man". Jetzt schluckte unsere Freundin, wie konnte das sein? Ein Gericht? Was war denn das? Warum mussten denn die Menschen hier sterben? Warum hatten sie andere Menschen verletzt oder getötet? Aber, warum sagten die Gerichte dann, diese Menschen sollten getötet werden. Dann waren die Gerichte doch auch Verbrecher, sie hatten dann doch auch etwas sehr Böses getan? Und, wer würde dann den armen Johnny umbringen? Der war ja dann auch ein Verbrecher. Durfte man das denn überhaupt? Und wie ging das? Sie kamen an eine Tür, die von einem Mann, der eine schwere Waffe bei sich trug, geöffnet wurde. Als sie eingetreten waren, sah Elisabeth sich um. Dieses Zimmer sah aber sehr traurig aus, ein Mann saß am Tisch und aß. Er hatte frisches Gemüse, das wirklich sehr lecker aussah, auf seinem Teller vor sich liegen. An seinem Tisch saß ein Mann, der sehr liebevoll und gütig aussah. Er war in Schwarz gekleidet, Elisabeth fiel gleich auf, dass der liebevolle Mann ein Pfarrer war. Sie ging jeden Sonntag mit ihren Eltern in die Kirche und konnte auch schon ein Gebet. Johnny sollte seine letzten Minuten im Leben nutzen können, um mit seinem Leben Frieden zu schließen. Er sprach das Vater-Unser, das kannte Elisabeth auch, so betete sie mit Johnny und dem Pfarrer, auch Mariechen und der große, weise, alte Vogel taten ihnen gleich. Alle beteten gemeinsam. Die Menschen, die draußen vor den Gefängnis-Mauern warteten, taten das Gleiche. Sie waren auf die Knie gefallen und beteten, sie beteten darum, dass nicht noch mehr Schuld und Leid geschehen würden. Die Todes-Strafe war eines der schrecklichsten Verbrechen, welcher Mensch hatte das Recht, über das Leben und Sterben eines Anderen zu entscheiden? Kein Mensch hatte dazu das Recht, nur die Weisen im Himmel und Gott hatten über das Leben zu bestimmen. „Weg mit der Todes-Strafe", die Rufe außerhalb des Gefängnisses wurden immer lauter. In der Zelle beteten sie weiter gemeinsam um Johnnys Leben, bis ein anderer Wärter kam um ihn abzuholen. „Es ist so weit", sagte er, „bitte kommen Sie". Elisabeth betete weiter, sie hatte verstanden, dass Johnny jetzt abgeholt worden war um getötet zu werden. Das konnte doch nicht sein! So etwas konnte es doch nicht geben. Was taten die Menschen denn hier in dem komischen Land? Natürlich hatte Johnny eine sehr schwere Schuld auf sich geladen, er hatte Verbrechen begangen, er hatte zwei Menschen getötet. Das wusste sie, aber der Arzt, der ihm die tödliche Spritze geben würde, tötete ja auch, er beging ja auch ein Verbrechen, er tötete auch einen Menschen, auch wenn das Gericht das so angeordnet hatte, wollte Elisabeth das nicht zulassen. Menschen konnten doch nicht ein Verbrechen wieder gut machen, in dem sie ein weiteres Verbrechen begingen. „Was sollen wir nur tun"? Die Tränen schossen aus ihren Augen, als sie den großen, weisen, alten Vogel um Rat fragte. Er musste doch eine Lösung wissen. Konnten sie hier überhaupt etwas tun? „Elisabeth, das ist das Gesetz in diesem Land. Das Urteil heißt Todes-Strafe. Wir können nicht zulassen, dass hier ein Mensch einem anderen Menschen das Leben nimmt, dass er ihn tötet. Auch wenn es seine Aufgabe, seine Arbeit ist. Das können wir nicht zulassen. Wir werden dafür sorgen, dass das Töten, das Verbrechen hier aufhört. Schnell, zaubere uns eine bunte Seifen-Blase". „Ja, das ist eine gute Idee. Lass uns all diese armen Menschen hier mit nehmen und in ein anderes Land bringen. Wenn es hier keine Verbrecher mehr gibt, wird auch das Töten aufhören. Natürlich muss ein Verbrechen bestraft werden, aber das geht doch nicht damit, dass die Menschen ein neues Verbrechen begehen. Komm, lass es uns so machen". Nun war unsere kleine Freundin froh, sie konnte doch etwas tun. Schnell zauberte sie eine ihrer bunten Seifen-Blasen, Mariechen war schon mit hinein geschlüpft und sie schwebten über dem Gefängnis. Dann hielt Mariechen ihren Arm hinaus, nahm Johnny an die Hand und zog ihn zu sich in die Seifen-Blase. Nach und nach holten sie so alle anderen Verbrecher aus dem Gefängnis. Sie alle hatten in ihren Zellen, den Todes-Zellen auf ihren letzten Tag gewartet. Nun schien das alles vorbei zu sein". Sie beteten gemeinsam in der bunten Seifen-Blase, die Menschen, die draußen vor dem Gefängnis gewartet und gebetet hatten, erkannten das Wunder zuerst. Eine große bunte Seifen-Blase mit all den Gefangenen drin, schwebte über dem Gefängnis. Was sie da sahen, war nicht von dieser Welt. Es war ein großes Wunder. Als die bunte Seifen-Blase dann über ihnen schwebte, winkten sie ihnen erleichtert hinterher. Einer von ihnen hatte beim Fernsehen angerufen, sofort waren viele Reporter mit ihren Kameras und Mikrofonen gekommen, um zu berichten, was hier passiert war. Schnell hatten auch die Regierung und der Präsident davon erfahren. Die Gerichte traten wieder zusammen. Endlich beschloss der Präsident, dass diese furchtbare Strafe, die Todes-Strafe nie wieder verhängt werden sollte. Kein Mensch hatte das Recht, über das Leben eines anderen Menschen zu entscheiden. So eine Entscheidung durfte nie wieder von den Gerichten gefällt werden, das war unmenschlich. Er hielt vor all den Kameras eine Ansprache an das ganze Land und verkündete, dass diese furchtbare Strafe ab heute abgeschafft sein würde. Nie wieder würde sie verhängt werden. Es würde sie niemals mehr geben, solange er das Land regierte. Strafen für Verbrecher mussten verhängt werden, das war so, das war klar. Aber er verkündete, dass er den vielen Häftlingen die Möglichkeit geben würde, sich zu bessern, im Gefängnis etwas zu lernen und zu arbeiten. Es war unmenschlich, viele Jahre in einer Zelle zu sitzen und auf den eigenen Tod zu warten. Jetzt sollte es Schulen in den Gefängnissen geben, Menschen, die mit den Häftlingen Gespräche führen würden, sollten in die Gefängnisse kommen. Es musste besser gemacht werden, nur so konnten die armen Häftlinge, die alle eine schwere Schuld als Last mit sich herum trugen, zu besseren Menschen werden und nach ihrer Strafe ein sinnvolles Leben in Freiheit führen. Überall, im ganzen Land war die Ansprache zu hören, in jedem noch so kleinen Dorf, in jeder Stadt, einfach überall. So hatten auch unsere drei Freunde den Präsidenten reden hören. Sie waren sehr erleichtert, so genau hatten sie noch gar nicht gewusst, wie es nun mit den vielen Häftlingen weiter gehen sollte. Aber jetzt hatten sie natürlich die Lösung. Sie kehrten mit ihrer bunten, voll besetzten Seifen-Blase zurück. Zurück zum Gefängnis. Sie wunderten sich sehr, so viele Menschen waren jetzt dort. Als sie zur Landung angesetzt hatten, klatschten die Menschen. Die Häftlinge verließen alle freiwillig die Seifen-Blase und kehrten in ihre Zellen zurück. Der Präsident besuchte jeden einzelnen von ihnen in seiner Zelle, lange hatte er Zeit, er hatte sich mit allen Häftlingen unterhalten. Dann musste er zurück, es gab noch viel für ihn zu tun. Er musste dafür sorgen, dass seine Anordnung, sein Versprechen nun auch im ganzen Land eingehalten werden konnte. Unsere drei Freunde kehrten erleichtert zu ihrer bunten Seifen-Blase zurück. Sie waren müde und erschöpft. Aber sie waren auch sehr erleichtert, dass es ihnen gelungen war, hier zu helfen, etwas zu ändern. Ein großes Unrecht, ein großes Verbrechen zu verhindern. Ja, das war sehr wichtig gewesen. Als sie über dem großen Meer schwebten, war Elisabeth schon in Mariechens Armen eingeschlafen, sie sah die großen Schiffe, die so ausgesehen hatten, wie ihre Spielzeug-Schiffe nicht mehr. Nachdem sie zu Hause gelandet waren, verabschiedete sie sich von Mariechen und dem großen, weisen, alten Vogel. „Tschüß, ich hab Euch lieb". Und schon war sie im Garten verschwunden. Beim Abendbrot versprach sie ihrer Mutter etwas. „Mami, ich will nie im Leben etwas Böses tun". „Ach, meine Kleine, ich weiß, ich weiß, Du kannst niemanden etwas Böses tun. Das ist gut so, Du bist ein gutes Kind. Ich habe Dich sehr lieb", so schloss sie unsere süße, kleine Freundin fest in die Arme. Mariechen war auch schnell nach Hause gegangen. Sie war müde, fast hätten sie heute nichts tun können, hätten zu sehen müssen, wie noch ein weiteres Verbrechen begangen worden wäre. Aber wie gut, dass sie dann doch gemeinsam etwas geschafft hatten. Der große, weise, alte Vogel war heute auch sehr erschöpft, es hatte ihn sehr mit genommen, zu sehen, was Menschen im Namen der Gerechtigkeit zu tun, bereit sind Aber sie hatten ja dann doch noch verhindern können, dass noch mehr Leid und Schuld entstanden waren. Der Präsident dieses Landes schien auch ein sehr weiser Mann zu sein. Das würde er auf jeden Fall seinen weisen Freunden hoch über den Wolken berichten. Im Traum erschien Mariechens lieber Mann ihr wieder einmal. „Es war gut, mein liebes Mariechen, dass es Euch gelungen ist, heute weiteres Verbrechen und Töten zu verhindern. Das hat es auf Eurer Welt schon zu oft gegeben. Wie gut, dass es jetzt damit vorbei ist. Ihr habt es geschafft, die Welt wieder einmal ein wenig zu verbessern. Die Kleine ist ein gutes Kind“.

Der Wert des Lebens

Mariechen hatte schon eine Weile auf ihrer Bank gesessen. Heute war es das erste Mal in diesem Herbst notwendig gewesen, eine dicke, warme Jacke anzuziehen. Es wurde kalt, der November hatte begonnen. Die Tage waren schon viel kürzer geworden, oft waren es dunkle, trübe Tage. Das machte unserem Mariechen aber nichts aus. Sie hatte genügend Wärme in ihrem Herzen, die dunkle Jahreszeit verbrachte sie nicht damit, Trübsal zu blasen, dem Sommer hinterher zu trauern. Nein, das war nicht ihre Mentalität, sie genoss es, dass die Natur zur Ruhe kam, die Abende kürzer wurden. Es war schön, fand sie, eine Kerze anzuzünden, einen schönen Tee am Abend zu trinken, eingekuschelt in eine warme Decke über das Leben, das für sie jetzt in ihrem hohen Alter noch so viele Abenteuer bereit hielt, nachzudenken. Dann hatte sie es gut, nur einen Kummer trug sie noch mit sich herum. Sie fragte sich oft, was wohl aus ihrer kleinen Tochter geworden wäre, wenn sie sie nicht auf der Flucht damals, verloren hätten. Ob sie wohl noch irgendwo am Leben war? Wer wusste das schon? Die lange Suche, die vielen Anfragen bei den Behörden und bei Suchorganisationen, alles hatte kein Ergebnis, nicht ein einziges Lebenszeichen gebracht. Aber unser Mariechen vertraute auf ihren Gott, auf das Leben, das

Schicksal ihrer kleinen Tochter, die ja nun schon lange erwachsen sein musste, war sicher in die richtigen Bahnen gelenkt worden, auch wenn sie nicht dran teilhaben konnte. Wer wusste das alles schon? Die Fügungen des Schicksals musste jeder Mensch akzeptieren, ob er wollte oder nicht. Zufälle gab es nicht, alles war den Menschen von höherer Hand vorbestimmt, das wusste sie. Schon kam Elisabeth angelaufen, heute trug sie auch das erste Mal eine warme Winterjacke. „Uiiih, Mariechen, heute ist es aber kalt, nicht wahr"? „Ja, Elisabeth, das stimmt. Wir haben ja auch schon November, die Zeit, das ganze Jahr ist so schnell dahin gegangen, der Winter steht vor der Tür. In einigen Tagen werden die Menschen damit beginnen, ihre Häuser für das Weihnachtsfest zu schmücken. Sie besorgen Weihnachtsgeschenke für ihre Lieben, backen Kekse für das Fest. Es wird Weihnachtsmärkte geben, überall an den Straßen wirst Du dann festlich geschmückte Weihnachtsbäume sehen. Ja, es ist eine traumhafte, zauberhafte Zeit. Aber vor dem Dezember, bevor die Menschen mit den Weihnachts-Vorbereitungen beginnen, steht noch der November. Der November wird von vielen Menschen als ein sehr trauriger Monat empfunden. Sie bekommen Angst, sie spüren, dass sie einsam und allein sind. Oft sitzen sie an den langen Abenden allein in ihren Häusern und Wohnungen und denken nach. Das macht sie dann sehr traurig. Sie denken an die Vergangenheit, an die Zeit, in der sie noch Kinder waren, oder sie beginnen, sich Sorgen um die Zukunft zu machen. Es gibt leider sehr viele Menschen in unserer Zeit, die sich nicht auf Weihnachten oder auf das neue Jahr freuen können". „Das ist ja traurig", Elisabeth hatte schon mit ihrer Mutter einen Wunschzettel gemalt. Sie wünschte sich eigentlich nur eine kleine Puppe, mehr wollte sie sich gar nicht wünschen, denn sie hatte ja ihre lieben Eltern und ihre Mollie. Mit ihrer Mollie konnte sie so schön spielen, die Natur bot ihr im Winter, wie im Sommer genügend Möglichkeiten um etwas Feines zu spielen. Aber so eine kleine Puppe, die konnte sie gut zum Spielen gebrauchen. Sie freute sich darauf, Mutter und Kind mit der Puppe zu spielen, mehr wünschte sie sich eigentlich nicht. Der Papa würde ein paar Tage frei haben und mit ihr spielen können, das freute sie viel mehr. Und auch die Mami hätte etwas mehr Zeit, um mit ihr zu spielen und ihr Geschichten erzählen zu können, das würde wieder schön werden, wenn sie alle drei am Weihnachtsbaum saßen und gemeinsam eine schöne Zeit verbringen konnten. Darauf freute sie sich schon.Der große, weise, alte Vogel kam geflogen. Er war aufgeregt, „wir wollen ganz schnell los fliegen. Wir müssen einem armen Menschen helfen. Kommt, beeilt Euch! Es ist nicht weit"! So pustete Elisabeth in ihr Röhrchen, selbst ihre bunte Seifen-Blase erschien ihr im trüben November nicht mehr ganz so schön, wie sonst. Sie schillerte nicht, weil es keine Sonnenstrahlen mehr gab. So nahm sie Mariechen ganz fest an die Hand und sie schwebten davon. Sie flogen eine Weile, bis sie an eine große Straße kamen, auf der sehr viele Autos ganz schnell fuhren. „Das ist eine Autobahn", erklärte Mariechen. Der große, weise, alte Vogel flog voran, er landete auf dem Geländer einer Brücke, die über die Autobahn führte. Elisabeth und Mariechen taten es ihm gleich. Sie sahen ein kleines Stückchen weiter einen Mann. Der Mann sah sehr traurig aus. Er hatte geweint, sein Gesicht war rot, seine Augen wirkten verquollen. Elisabeth konnte seine Trauer fühlen. „Der arme Mann", dachte sie bei sich, „warum ist er wohl so traurig"? Der große, weise, alte Vogel setzte sich zu dem traurigen Mann aufs Geländer. „Ich weiß, was Du vor hast", begann er auf den traurigen Mann einzureden. „Was hat er denn vor, Mariechen"? Jetzt wollte Elisabeth es aber ganz genau wissen. „Oh, Kind, hör zu. Dieser Mann hier ist sehr traurig. Ich denke, er möchte sein Leben nicht mehr leben. Er wird sich über das Geländer hier von der Brücke stürzen wollen, damit er stirbt. Wir werden mit ihm sprechen, ihm helfen müssen. Komm, Kleine, lass uns helfen. Lass uns ihm zeigen und erklären, dass sein Leben, egal, was ihm passiert ist, nicht wertlos geworden ist". „Was ist denn mit Ihnen"? Der große, weise, alte Vogel hatte begonnen, mit dem traurigen Mann zu reden. Er wusste, solange er mit ihm sprechen würde, würde der traurige Mann nicht springen und so sein Leben nicht beenden. „Mein Leben ist zu Ende, keiner kann mir mehr helfen. Ich springe hier herunter auf die Autobahn und keiner wird mich vermissen. Keiner wird um mich weinen". „Das glaube ich nicht, wie heißen Sie denn eigentlich", der große, weise, alte Vogel war nicht neugierig, er kannte ja bereits das traurige Schicksal dieses armen Mannes. Er wollte nur mit ihm reden, um zu verhindern, dass er springen würde. „Ich heiße Martin, aber wozu willst Du das wissen? Und, Du bist doch ein Vogel, träume ich oder spreche ich mit einem Vogel? Oh, Gott, ich bin wirklich verrückt", schrie der traurige Mann in den Himmel hinein. Er kletterte auf das Geländer, sein Leben war wirklich am Ende, jetzt wurde er auch noch wahnsinnig und bildete sich ein, mit einem Vogel zu sprechen. Schnell traten Mariechen und Elisabeth heran, „Martin, warte. Tu das nicht! Der Vogel hier ist unser Freund, er kann sprechen. Aber, bitte tu das nicht! Du darfst doch hier und heute nicht Dein Leben weg werfen, Du darst Dein Leben nicht selbst beenden". Jetzt wurde der arme Martin etwas ruhiger, „was soll das? Keiner liebt mich, keiner mag mich. Für wen soll ich denn noch leben? Ich werde keinem fehlen. Was wollt Ihr eigentlich von mir? Niemand hat mich bisher gefragt, wie es mir geht. Keiner"! „Komm, Martin, tu es nicht. Lass uns reden. Was ist denn mit Dir passiert, dass Du so etwas tun willst? Mariechen versuchte, den traurigen Martin zu beruhigen. Sie nahm ihn in den Arm. Er war nun wirklich etwas ruhiger geworden, „nein, keiner interessiert sich für mich. Keiner hat mich lieb, keiner wird mich vermissen, wenn ich nicht mehr bin". „Martin, das glaube ich nicht. Erzähl doch erst ein Mal, was Dich dazu bringt, Dich von dieser Brücke stürzen zu wollen". „Ach, das ist eine so lange Geschichte", begann der traurige Martin. „Meine Frau, die ich so sehr geliebt habe, hat mich verlassen. Wir hatten zwei süße, kleine Mädchen, die eine sieht fast so aus, wie die Kleine hier". Er deutete auf Elisabeth. „Ich habe sie so lieb, ich habe immer für meine drei Lieben gesorgt. In einer Fabrik habe ich gearbeitet und in der Nacht bin ich noch mit einem Taxi gefahren, um noch etwas mehr Geld zu verdienen. So konnte ich den dreien alle ihre Wünsche erfüllen. Ich habe sie doch so lieb. Dann plötzlich wurde alles anders. Die Fabrik, in der ich nun schon so viele Jahre gearbeitet hatte, wurde geschlossen. Mein

Arbeitsplatz war verloren. Weil die Tage aber so lang waren und ich mir immer mehr Sorgen um meine kleine Familie gemacht habe, habe ich begonnen, Alkohol zu trinken. Ich habe mich dann besser gefühlt, das wurde aber immer mehr, so lange, bis ich auch nicht mehr mit dem Taxi fahren durfte. Nun konnte ich gar kein Geld mehr verdienen, ich konnte meine kleine Familie überhaupt nicht mehr versorgen. Es war eine schreckliche Zeit, mit meiner lieben Frau hatte ich immer mehr Streit. Das ging so lange, bis sie unsere süßen, kleinen Kinder genommen und mich verlassen hat. Ja, sie ist einfach mit den Kindern weg gegamgem und ich habe nur noch allein in unserer leeren Wohnung gesessen. Sie wollten mich nicht mehr sehen, sie haben mich nicht vermisst. Ich glaube, sie waren froh, dass sie mich endlich losgeworden waren. Es ist so schrecklich traurig, nun kommt bald das Weihnachtsfest und ich kann ihnen noch nicht einmal ein Geschenk besorgen, weil ich kein Geld habe. Ich weiß ja noch nicht einmal, wo sie jetzt leben. Ich weiß gar nichts. Aber Du siehst, sie werden mich nicht vermissen. Keiner wird mich vermissen", schon hatte der arme Martin wieder begonnen, zu weinen. „Ich glaube, wir können Dir helfen", mischte sich nun Elisabeth in das Gespräch ein. „Jedes Kind vermisst seinen Papi, das weiß ich genau". Sie konnte sich nicht vorstellen, wie es sein würde, ohne ihren lieben Papi, nein, das konnte es nicht geben. „Ich glaube, sie werden sich freuen, wenn sie Dich sehen. Wie lange haben sie Dich denn nicht mehr gesehen"? „Das ist schon eine lange Zeit her, schon sehr viele Monate", schluchzte der arme Martin. „Dann wollen wir sie finden und besuchen". „Ich weiß aber doch gar nicht, wo sie sind. Wie wollen wir sie denn dann finden? Und denkst Du, sie wollen mich sehen"? „Na, klar, denke ich das. Klar, wollen sie Dich sehen. Es sind doch Deine Kinder! Ich freue mich jeden Abend darauf, meinen Papi zu sehen. Er hat mich so lieb. Du hast doch deine Kinder auch lieb, anders geht es doch gar nicht"! Der große, weise, alte Vogel wusste genau, was zu tun war. Er gab Elisabeth ein Zeichen, sie pustete wieder in ihr Röhrchen, Mariechen umarmte Martin und nahm unsere kleine Elisabeth fest an die Hand. Und, schwupps, saßen sie alle drei in der bunten

Seifen-Blase. Da staunte der arme Martin aber. „Wir werden jetzt Deine Familie besuchen gehen", erklärte der große, weise, alte Vogel ihm. „Ich weiß, wo sie leben. Es dauert nur einen kleinen Moment, schon sind wir da". „Das glaube ich nicht", der arme Martin war verwirrt. Erst sprach er mit einem Vogel, dann flog er in einer großen bunten Seifen-Blase. Was war das hier alles? War das ein Traum? Oder hatte er schon den Verstand verloren? Er wusste es nicht. So war es gut, dass unser Freund, der große, weise, alte Vogel Bescheid wusste. „Schau, Martin, gleich sind wir da. Siehst Du das große Haus mit den vielen Fenstern? Hier leben sehr viele kleine Familien in vielen Wohnungen. In einer Wohnung lebt Deine Familie". „Wirklich? Aber, wenn sie mich nicht sehen wollen, was dann"? „Sie warten auf Dich, glaube mir, sie lieben Dich". Sie setzten die große Seifen-Blase auf einer Rasenfläche vor dem großen Haus auf und traten vorsichtig heraus. Martin konnte das alles nicht glauben. „Komm, Martin", der große, weise, alte Vogel schritt schnurstracks voraus, während Mariechen und Elisabeth den armen Martin an die Hände gefasst und in ihre Mitte genommen hatten. Am Eingang des großen Hauses gab es sehr viele Briefkästen und Klingeln. Es dauerte etwas, bis sie die richtige Klingel gefunden hatten, dann drückte Elisabeth auf das Knöpfchen. Der arme Martin war wie gelähmt, ein Summen ertönte und eine Stimme fragte: „Wer ist da"? „Wir sind es", gab der große, weise, alte Vogel zur Antwort, so als ob es selbstverständlich sei, dass sie hier her kamen. „Alles klar", hörten sie aus der Sprechanlage, „kommt hoch zu uns". Sie fuhren mit einem Fahrstuhl in das vierzehnte Stockwerk hinauf, dann gingen sie einen langen Flur entlang, hier gab es vielleicht viele Türen. Endlich kamen sie an die richtige Tür. Eine Frau wartete schon auf sie. Sie hatte ein kleines Mädchen auf dem Arm und ein anderes hielt sich an ihrem Bein fest. Martins Augen begannen zu leuchten. Er war so froh, seine Familie zu sehen. Seine Kinder waren gewachsen, das ging so schnell bei kleinen Kindern. „Lass uns reden, ich bin so froh, Euch zu sehen". Die Tränen schossen ihm in die Augen. Die beiden kleinen Mädchen freuten sich. „Papi, wo warst Du die ganze Zeit. Wir haben Dich so vermisst. Geh nie wieder weg, bitte, Papi, nie wieder! Die Mami hat so viel geweint, sie hat Dich so vermisst"! „Martin, bitte, sei nicht böse mit mir. Ich konnte nicht mehr, es war alles so schrecklich. Darum musste ich gehen, gehen mit unseren zwei Schätzen. Bitte verzeih mir. Es war der größte Fehler, den ich nur machen konnte. Das wusste ich sofort, aber nun konnte ich ja auch nicht mehr zurück zu Dir. Die Kleinen haben so viel geweint, weil sie Dich so vermisst haben". „Aber", Martin wusste gar nicht mehr, was er noch sagen sollte. „Ich konnte doch nicht mehr für Euch sorgen, ich kann es auch jetzt nicht. Ich habe keine Arbeit. Wie soll es weiter gehen"? „Martin, hör zu", Tränen waren der armen Frau in die Augen gestiegen. Sie konnte kaum noch sprechen. „Es ist nicht so wichtig, Geld ist nicht so wichtig. Solange wir zu essen und zu trinken, und solange wir uns alle lieb haben, ist das alles nicht so wichtig. Ich habe eine Arbeit gefunden, ich arbeite vormittags als Verkäuferin in einem Supermarkt. Da sind die Kleinen im Kindergarten. Lass uns hier alle zusammen leben, wir haben Dich so vermisst. Ich habe in der Nacht so viel geweint. Wir können erst einmal von meinem Lohn leben, bis Du wieder eine Arbeit hast. Die Wohnung ist zwar kleiner als die andere, aber wir müssen hier auch nicht so eine hohe Miete zahlen und sie ist sehr kuschelig. Bitte bleib bei uns, wir brauchen Dich doch so sehr. Wir haben Dich doch lieb". Es gab nichts mehr zu sagen, alles was gesagt werden musste, war gesagt worden. Der arme Martin, der vor einer Stunde noch so unglücklich gewesen war, dass er sein Leben hatte weg werfen wollen, strahlte vor Glück. Seine Augen leuchteten. Er wusste gar nicht, wie ihm geschehen war. „Alles wird gut werden, solange Ihr Euch liebt und respektiert. Seid fleißig und liebevoll miteinander und denkt nie wieder daran, auseinander zu gehen oder gar Euer Leben weg zu werfen", sagte der große, weise, alte Vogel. „Wir wollen jetzt los. Unsere Aufgabe hier ist erfüllt". So verabschiedeten sie sich voneinander und unsere drei Freunde traten die Heimreise an. „Mariechen, ich möchte meinen Papi niemals verlassen. Er ist so lieb zu meiner Mami und zu mir. Sogar mit meiner Mollie spielt er immer ein wenig, wenn er Zeit hat. Ich weiß, er muss auch

126

arbeiten, um Geld zu verdienen. Aber er ist ein lieber Papi. Ich möchte niemals ohne ihn leben". „Du bist ein gutes Mädchen, Elisabeth. Dein Papi wird Dich immer lieb haben, auch wenn Du in vielen Jahren längst eine erwachsene Frau sein wirst. Ein Kind bleibt immer ein Kind für seine Eltern. Und ein Vater oder eine Mutter werden immer die Eltern für das Kind bleiben. Das ist der Lauf des Lebens". Sie waren nach der kurzen Reise wieder zu Hause angekommen. „Ich will schnell mal nach Hause und meinen Papi umarmen. Ich muss ihm doch sagen, wie doll lieb ich ihn habe". „Ja, tu das. Das ist eine gute Idee. Bis morgen, meine Kleine". Mariechen war wieder stolz auf ihre kleine Freundin. Ob ihre kleine Tochter auch wohl so ausgesehen hätte? Ob sie auch wohl so ein gutes Herz gehabt hätte? Manchmal erschien es ihr, als sei Elisabeth ihre kleine Tochter, sicher wäre sie auch so ein liebes Mädchen geworden. Aber das Schicksal hatte es anders für sie vorgesehen. Das hatte sie so akzeptiert. Der große, weise, alte Vogel war auch stolz auf unsere kleine Freundin, auch heute war sie mit ihrer kindlichen Natürlichkeit und ihrer kindlichen Liebe eine sehr große Hilfe gewesen. Wie selbstverständlich sie dem armen Martin erklärt hatte, dass jedes Kind seinen Papi liebte und ihn vermisste, wenn er nicht da war. Ja, sie war schon ein gutes Kind, die kleine Elisabeth. Schnell flog er heim zu seinen weisen Freunden, um zu berichten, wie sie auch heute ihre große Aufgabe gemeistert und einem Menschen das Leben gerettet hatten. Die Welt war heute wieder ein wenig besser geworden. So sollte es sein, das war ihre Aufgabe. Wieder allein Zuhause, hatte Mariechen sich einen heißen Tee gekocht. Danach hatte sie sich in ihr Bett gelegt und war sehr schnell eingeschlafen. Sie träumte, sie träumte von ihrer kleinen Tochter. Nein, plötzlich träumte sie von Elisabeth. Elisabeth, die ihr zu rief „Hallo, Omi… Hallo, Omi, ich hab Dich lieb". Sie schreckte aus ihrem Traum hoch. Was war denn das gewesen? „Ach, da hab ich aber etwas Verrücktes geträumt", dachte sie und legte sich wieder hin. Kurze Zeit später erschien ihr lieber Mann ihr im Traum. „Mariechen, eine Familie wird immer wieder zusammen finden. Auch wenn sie sehr lange getrennt waren".

Heute war Elisabeth schon vor Mariechen bei ihrer Bank angekommen. Sie hatte schnell noch ihrer Mutter beim Abwasch geholfen, ihre Mollie versorgt und dann hatte sie sich von ihrer Mutter verabschiedet. „Bis heute Abend, Mami. Ich gehe jetzt spielen". So wartete sie bereits, als Mariechen langsam daher kam. Zu zweit saßen sie nun auf der Bank, sie waren schon ein goldiges Pärchen, die zwei. Man hätte denken können, eine Großmutter war mit ihrem Enkelkind auf einem Spaziergang und sie machten eine kurze Rast, weil die alte Dame nicht mehr so gut laufen konnte. Sicher hätte keiner vermutet, dass diese zwei hier auf einen großen, weisen, alten Vogel warteten, um gemeinsam mit ihm in ein neues Abenteuer zu starten. Aber so war es. Schon sahen sie ihren Freund, den großen, weisen, alten Vogel kommen. „Wohin geht's denn heute? Was haben wir heute zu tun", Elisabeth war wieder sehr gespannt. Sie hatte große Freude an den gemeinsamen Abenteuern und daran, die Welt ein wenig zu verbessern. Das machte ihr immer wieder einen Riesen-Spaß. „Meine Kleine, heute geht es wieder ein Mal in ein fernes Land. Wir wollen Dir dort ganz besondere, heilige Männer zeigen. Komm, lass uns langsam aufbrechen, damit wir auch rechtzeitig ankommen". Elisabeth nahm ihr Röhrchen und pustete hinein. Schon schwebte sie mit Mariechen in ihrer bunten Seifen-Blase in Richtung Wolken. „Mariechen, weißt Du", begann sie, „meine Seifenblasen sind schon bald alle. Das Röhrchen ist schon halb leer. Wenn es leer ist, können wir dann auch noch weiter reisen? Ich möchte doch noch so gerne mit Euch um die Welt fliegen. Wir konnten doch schon so vielen Menschen helfen. Werden wir überhaupt damit fertig, die Welt zu verbessern, bis meine Seifen-Blasen alle sind? Ich glaube, die Welt ist doch sehr groß, oder"? „Ach, Elisabeth, mach Dir mal keine Sorgen. Ich denke, es wird schon reichen. Alles wird gut werden, glaub mir". So schwebte die bunte Seifen-Blase mit ihnen fast um die halbe Welt, bis der große, weise, alte Vogel endlich rief: „Seht Ihr, da vorn neben dem gelben Fluss werden wir landen. Seid aber vorsichtig, fallt nicht ins

Wasser. Das Wasser ist nicht sehr sauber, es wird Euch nicht gut tun". So kletterten sie vorsichtig aus ihrer bunten Seifen-Blase und ließen sie am Ufer des merkwürdigen, gelben Flusses zurück. „Lasst uns ein wenig am Ufer entlang spazieren", schlug der große, weise, alte Vogel vor. „Warum ist das Wasser hier gelb", wollte Elisabeth wissen, „das Wasser ist doch eigentlich immer blau, oder? Wir haben doch auch schon ein Mal graues Wasser gesehen, das weiß ich noch. Aber gelbes Wasser kenne ich nicht. Haben die Menschen hier das Wasser angemalt oder Farbe hinein geschüttet"? „Nein, mein Kind, hör zu. Es ist hier anders". Der große, weise, alte Vogel holte tief Luft und erklärte ihr dann voller Geduld, was es mit dem gelben Wasser auf sich hatte. „Wir sind hier an einem heiligen Fluss. Die Menschen dieses Landes glauben an viele Götter, sie haben eine ganz andere Religion, als die, die wir schon kennen. Wenn ihre Lieben gestorben sind, werden ihre Körper verbrannt. Die Asche der Körper wird dann von ihren Familien hier in den Fluss gestreut. Die Götter sagen, dass die Seele der Verstorbenen dann direkt in den Himmel getragen wird. Sie lebt durch den Fluss weiter, sie ist frei geworden. Es ist ein schöner, heiliger Brauch und er gibt den Menschen, die ihre Lieben durch den Tod verloren haben, großen Trost. Aber, dies hier ist wirklich ein heiliger Fluss. Einmal im Jahr versammeln sich hier zigtausende Menschen, um gemeinsam in diesem Fluss zu baden. Das ist Ritual, dass es schon seit Jahrtausenden gibt. Mit dem Bad im heiligen Fluss reinigen die gläubigen Menschen ihre Seele und ihre Körper, sie machen sich frei von Ängsten und Sünden. Siehst Du die vielen Menschen? Warte noch einen kleinen Moment, dann geht es los". Kaum hatte der große, weise, alte Vogel seinen Satz beendet, badeten schon die ersten Menschen im Fluss, ja, es war fein anzusehen, wie glücklich diese Menschen waren. Es dauerte nicht lange, da war der Fluss voll von Menschen, so viele badeten in ihm, es war kein Wasser mehr zu sehen, nur noch eine riesengroße, bunte, sich bewegende Menschenmenge. Aber sie waren alle sehr glücklich, sie hatten ihre Seelen befreit. „Wir werden Dir noch etwas zeigen, in diesem Land gibt es noch mehr besondere, heilige Menschen". Sie schwebten gemeinsam mit ihrer bunten Seifen-Blase über dem Fluss, der von oben nur noch als eine einzige bunte Fläche zu erkennen war, in die Richtung eines Berges. Es dauerte ein wenig, da landeten sie schon wieder. Hier war alles sehr leer und trostlos. Weit und breit gab es keinen Menschen zu sehen, nur eine einzige Hütte, die schien, als wäre sie aus Blech und Pappe gebaut. „Hier sind wir richtig", der große, weise, alte Vogel wies auf die Hütte. „Wohnt hier jemand"? Das konnte Elisabeth sich nicht vorstellen, man konnte doch nicht in so einer Hütte aus Blech wohnen. Gab es darin wohl überhaupt ein Bett? „Doch, meine Kleine", gab der große, weise, alte Vogel zur Antwort, „hier wohnt ein sehr heiliger Mann. Du wirst gleich stauen, wenn Du ihn siehst. Er ist sehr gebildet, er wird Dich segnen, damit Du für immer geschützt bist und Dir nichts zustoßen kann. Aber, erschrick Dich nicht, wenn Du ihn gleich siehst. Er ist schon sehr alt". Schon hatte er an die Tür der kleinen Hütte geklopft, es dauerte einen kleinen Moment, bis sich die Tür öffnete. Ein alter Mann trat heraus, „oh, da seid Ihr ja", er freute sich, unsere drei Freunde zu sehen. Elisabeth bekam den Mund vor Staunen nicht wieder zu, alte Männer hatte sie ja nun schon oft mal gesehen, aber dieser Mann…so einen Mann hatte sie noch nie in ihrem Leben gesehen. Der schien ihr wirklich seltsam. Es sah aus, als wäre er mit Asche bemalt, aber, was sie am meisten erstaunte war der rechte Arm des alten Mannes. Der Mann hielt die ganze Zeit seinen Arm in die Höhe, der Arm sehr merkwürdig aus, fast wie ein Holz, wie der Ast eines Baumes. Was war denn das? „Mariechen, warum sieht denn der Mann so merkwürdig aus? Und was ist mit seinem Arm los"? Hier begann der große, weise, alte Vogel, er erklärte Elisabeth alles ganz genau. „Hör zu, Elisabeth. Dieser Mann hat einen besonderen Glauben. Er ist sehr weise und sehr heilig. Vor ungefähr dreißig Jahren hat sein Gott ihn angewiesen, allem Weltlichen zu entsagen. Das fällt ihm nicht schwer, weil es der Wille seines Gottes ist. Er braucht nur ein Mal am Tag ein wenig zu essen, er betet und meditiert den ganzen Tag, so dass er seinem Gott immer nahe sein kann. Das nennt man Askese. Der heilige Mann braucht keine Kleidung, er schützt seine Haut mit heiliger

130

Asche. Als ihm vor langer Zeit sein Gott erschienen war, hat er zum Dank seinen rechten Arm in die Höhe gehoben und nie wieder herunter genommen. Du siehst, der Arm sieht aus wie ein Stück Holz, als wäre er der Ast an einem großen Baum, richtig"? Ja, genau das hatte sich Elisabeth ja vorhin überlegt. „Schau Dir einmal die Fingernägel an. Siehst Du, sie wurden nie wieder geschnitten, schau, wie lang sie sind. Sie hängen herunter. Der Mann nennt seinen rechten, unbeweglichen Arm nun *die Klaue der Geduld*. Der Arm sieht aus wie die Klaue eines Raubtieres, da hat er Recht und der Name *die Klaue der Geduld* steht für die langen Jahre der Askese und der Dankbarkeit". Das wollte Elisabeth auch ein Mal probieren, sie hob ihren Arm, aber kurz danach nahm sie ihn wieder herunter. Ihr Arm hatte nach so einem kurzen Moment schon ganz doll weh getan, das konnte sie nicht aushalten. Dieser Mann musste wirklich heilig sein, wenn er das schon so lange ausgehalten hatte. Schnell ließ sie sich von ihm segnen. Der große, weise, alte Vogel bedankte sich bei dem heiligen Mann, sie mussten wieder zurück zu dem gelben Fluss, das hatte er plötzlich gefühlt. Also schwebten sie wieder in ihrer bunten Seifen-Blase, sie winkten dem heiligen Mann noch zu, schon sahen sie von oben aus ihrer bunten Seifen-Blase, dass bei dem riesigen Bad im gelben Fluss ein Unglück passieren würde. Es waren so viele Menschen herbei geströmt, es hatte ein riesiges Gedränge gegeben. Die Menschenmassen drängten nun alle aus dem Fluss, sie mussten ihre Züge und Busse für den Nachhauseweg erreichen. Als die ersten Züge in den Bahnhof einfuhren, gab es das Unglück. Einige Menschen waren im Gedränge hingefallen, die anderen hatten es nicht bemerkt, sie konnten nicht stehen bleiben, sie wurden von der Menge weiter geschoben, so dass sie über die anderen Menschen stolperten und auch hin fielen. „Mariechen, schnell, wir müssen etwas tun. Die vielen Menschen werden sich zu Tode trampeln", rief Elisabeth. Sie war total erschrocken, als sie erkannt hatte, was da vor sich ging. „Der heilige Mann hat mich gesegnet, mir kann nichts passieren", meinte sie. „ich werde mit unserer bunten Seifen-Blase durch die Menge fliegen und all die armen Leute einsammeln, um sie zu retten. Macht Euch keine Sorgen, mir wird nichts passieren". Schnell setzte sie Mariechen ab, der große, weise, alte Vogel blieb bei ihr. Er konnte aus der Luft gut sehen, wohin Elisabeth mit ihrer Seifen-Blase fliegen musste, um die Menschen zu retten. So wies er ihr den Weg. Es dauerte nicht lange und all die armen Menschen waren in der bunten Seifen-Blase in Sicherheit gebracht. Sie glaubten, zu träumen. Sicher waren sie übermüdet, gerade eben waren sie doch noch von der Menschenmenge fast zu Tode getrampelt worden und jetzt schwebten sie über dieser Menge. Das war schon komisch, das war wohl ein Wunder. Mit der Seifen-Blase konnten sie dann sicher zu ihrem Zug gelangen, alle verließen glücklich die Blase und stiegen in ihre Züge. „Mariechen, steig zu Elisabeth in die Seifen-Blase. Wir müssen los. Hier wird alles gut". Als sie mit ihrer Seifen-Blase schon hoch oben schwebten, konnten sie noch sehen, wie immer noch sehr viele Menschen in dem gelben, heiligen Fluss badeten, sie sahen auch, wie die Züge voller Menschen den Bahnhof verließen. Dieses Land hier war wirklich ein heiliges Land und es war so wichtig gewesen, dass Elisabeth den Segen des Heiligen Mannes mit der *Klaue der Geduld* bekommen hatte. Der Segen würde sie ihr Leben lang beschützen und ihr all den Mut geben, den sie brauchen würde, um die Welt zu verbessern. Der große, weise, alte Vogel wusste, dass der heilige Mann einer der Weisen im Himmel war, er hatte die Aufgabe bekommen, auf der Erde zu leben, um alle besonderen Menschen mit seinem Segen zu schützen. Als sie wieder Zuhause ankamen, hob Elisabeth noch ein Mal ihren Arm. Sie wollte es probieren, das konnte doch nicht sein. Aber sie schaffte es wieder nur für einen kleinen Moment, dann gab sie auf. Mariechen ging nach Hause, sie war sehr zufrieden. Die kleine Elisabeth hatte nun den so wichtigen Segen bekommen. Niemals würde ihr etwas zustoßen, das beruhigt sie. Die Kleine würde noch so manche schwere Aufgabe erfüllen müssen. Wenn erst mal die Seifen-Blasen aus ihrem Röhrchen zu Ende gingen, war auch ihre Zeit für die große Reise in eine andere Welt gekommen. Das fühlte sie. Als sie Nachts im tiefen Schlaf lag, sprach ihr lieber Mann wieder im Traum zu ihr. „Mariechen, die süße Kleine hat jetzt den Segen bekommen. Nun könnt Ihr alle Aufgaben bewältigen, Du brauchst Dir keine Sorgen machen". Der große, weise, alte Vogel war auch heim zu den anderen Weisen in den Himmel geflogen. Er war beruhigt und erzählte erleichtert davon, wie die kleine Elisabeth den so wichtigen Segen bekommen hatte und wie sie die armen Menschen, die ja fast im Gedränge gestorben wären, gerettet hatte. „Es war gut, dass Ihr mich schnell gerufen habt, so konnten wir die Menschen im Heiligem Land direkt retten".

Elisabeth bekommt eine Omi

Heute war Mariechen schon sehr früh bei ihrer Bank angekommen. Sie hatte das Gefühl, es würde heute ein besonderer Tag werden, warum aber genau, das wusste sie auch noch nicht. Sie fühlte es einfach. Irgendetwas Besonderes lag in der Luft. Ein wenig betrübt war sie, die Seifenblasen würden bald leer sein, was sollte die kleine Elisabeth dann machen. Der Novembertag war heute wirklich sehr trüb, sie kuschelte sich noch fester in ihren dicken Mantel ein. „Ach, wer weiß, vielleicht wäre meine kleine Tochter so ein kleiner Wirbelwind geworden wie Elisabeth. Wer wusste das schon"? So war sie noch ein wenig in trübe Gedanken versunken, als Elisabeth rief, „Hallo Mariechen, wie geht's Dir heute? Ist alles gut? Du siehst ein bisschen traurig aus". „Nein, meine Kleine, mach Dir keine Sorgen. Es geht mir gut. Ich war nur ein wenig in meine Gedanken vertieft. Alles ist gut". „Mariechen, heute hat Monikas Oma sie in den Kindergarten gebracht. Und auch wieder abgeholt. Warum habe ich eigentlich keine Oma? Ich habe schon meine Mami gefragt, aber sie konnte es mir nicht erklären, fast hätte sie angefangen, zu weinen. Warum ist sie denn so traurig geworden? Ich möchte auch eine Omi haben. Alle Kinder, die ich kenne, haben eine Omi und einen Opi. Willst Du nicht meine Omi sein? Ich hab Dich doch so lieb. Du bist bestimmt eine wunderbare Omi. Wollen wir meine Mami fragen, ob Du meine Omi sein kannst"? „Ach, Elisabeth, das ist ja eine zauberhafte Idee. Aber Deine Mami wird sicher schimpfen, wenn Du eine fremde, alte Frau ins Haus bringst. Und ich habe doch auch meine Enkelkinder, ich bin doch schon eine Oma. Meine Enkelkinder leben zwar weit weg und haben sehr wenig Zeit für mich, so dass sie mich sehr selten besuchen können. Aber ich denke, zum Weihnachtsfest werden sie mich nicht vergessen. Was meinst Du"? „Mariechen, komm, bitte, sei meine liebe Omi, meine Mami wird sich sicher freuen. Du kannst mich am Morgen zum Kindergarten bringen und am Mittag wieder abholen. Wir können dann nachmittags schön miteinander spielen. Du hast mir schon so viel von der Welt gezeigt, wir haben doch schon so viel miteinander erlebt, komm, bitte, sei meine Omi". Der große, weise, alte Vogel war dazu gekommen. „Ich denke, das ist eine gute Idee, die unsere kleine Freundin da hat. Mariechen, gib Dir einen Ruck. Wir werden ihre Mami mal fragen, was sie davon hält". „Meinst Du"? Mariechen zögerte. Sie konnte doch nicht einfach zu einer fremden Familie gehen und fragen, ob sie die Omi sein durfte. Was würden denn Elisabeths Eltern von ihr denken? „Elisabeths Mami wird sich bestimmt freuen, wenn die Kleine eine Omi bekommt", versuchte der große, weise, alte Vogel sie etwas zu ermutigen. „Geh nur zu ihnen, glaub mir, das wird eine große Freude für Euch alle werden". Der große, weise, alte Vogel war sehr überzeugt, Mariechen hatte das Gefühl, als würde er etwas mehr wissen, als sie dachte. „Naja, schaden kann es ja nicht, mehr als Nein können sie nicht sagen, aber was ist, wenn sie mich weg schicken? Dann wird Elisabeth doch auch sehr traurig sein". „Das wird nicht passieren, Mariechen. Schau Dir Elisabeth an, sie hat ein so reines, gutes Herz. Wie sollte ihre Mutter ein anderes haben"? „Na, gut, wenn Ihr meint. Lasst es uns versuchen". So zog unser Trio los, über die Straße. Für die Reise heute brauchtes sie keine Seifen-Blase. Mariechen war nun sehr aufgeregt, sie überlegte, ob das wirklich alles so richtig sein würde, was sie da jetzt vor hatten. „Mami", rief Elisabeth durchs Haus. „Mami, schau mal, ich habe Besuch mit gebracht". Die Mutter kam aus der Küche. „Oh, wer ist denn das", wollte sie wissen. Aber Elisabeth brauchte ihr gar nicht mehr zu antworten. Im gleichen Augenblick wussten ihre Mami und Mariechen, wen sie da vor sich sahen. „Oh, Du lieber Gott. Du bist es! Du bist es wirklich! Das kann doch nicht wahr sein. Ich habe so lange Jahre nach Dir gesucht und plötzlich stehst Du hier vor mir. Das kann ich gar nicht glauben. Es ist ein Wunder"! Mariechen musste sich setzen. Elisabeths Mutter begann zu weinen, auch sie konnte kaum glauben, dass das Wunder, auf das sie so lange Jahre gewartet hatte, noch geschehen würde. Der große, weise, alte Vogel aber war sehr zufrieden. Zuerst fand Elisabeth Worte, sie hatte gar keine Ahnung, was hier nun los war. Warum weinten ihre Mami und Mariechen denn plötzlich? „Was ist denn los? Was habt Ihr beide denn? Warum weint Ihr denn? Mami, ich wollte Dich eigentlich fragen, ob Mariechen meine Omi sein darf. Und jetzt weint Ihr beide. Das wollte ich nicht". Ihre Mami fand zuerst die Sprache wieder. „Oh, Mama, ich habe immer geglaubt, Du bist nicht mehr am Leben und jetzt stehst Du hier. Das kann ich gar nicht glauben, das ist ein Wunder. Wo kommst Du nur her? Woher wusstest Du, wo Du mich findest"? „Mama", Elisabeth war verwirrt. Ihre Mami war doch eine Mama, warum sagte sie zu Mariechen Mama? „Mami, das ist meine Freundin Mariechen. Darf sie meine Omi sein? Und das hier ist unser Freund, der große, weise, alte Vogel. Die zwei haben mir so viel über die Welt erklärt, wir haben so viele Reisen und Abenteuer erlebt. Darf Mariechen meine Omi sein, sie ist doch meine Freundin"? Mariechen holte tief Luft, der große, weise, alte Vogel sah die beiden Frauen mit einem warmen, liebevollen Blick an. Ja, hier hatte er seine Aufgabe, die seine Freunde, die Weisen im Himmel, ihm aufgetragen hatten, erfüllt. Er hatte, nachdem Jahrzehnte vergangen waren, Mutter und Tochter wieder zusammen geführt. „Mein Kind, meine Tochter, wie hübsch Du bist. Und Du bist so eine gute Mutter für die Kleine. Aber wie kann es anders sein? Du bist meine Tochter und endlich habe ich Dich gefunden". „Aber, wo kommst Du her? Woher kennst Du denn Elisabeth"? „Ach, mein Kind, auch wenn Du schon lange erwachsen bist, Du bleibst mein Kind. Als wir damals, als der Krieg in unserem Land tobte, auf die Flucht gehen mussten, um eine neue

Heimat zu finden, verlor ich Dich in den Wirren des Kriegs. Das war schrecklich, Du warst noch ein kleines Baby, kanntest Deinen Namen nicht und warst ja noch völlig hilflos. Aber der Zug mit den Flüchtlingen war schon weiter gefahren, wir mussten drin bleiben, Deine Brüder und ich. Ich konnte nicht zurück, um Dich zu suchen. Ich wusste die ganzen Jahre nicht, ob Du noch am Leben bist oder ob es Dir gut geht. Nein, ich wusste gar nichts. Immer wieder habe ich versucht, Dich zu finden. Mit allen Einrichtungen und Organisationen habe ich mich in Verbindung gesetzt, um Dich zu finden, als wir die neue, sichere Heimat erreicht hatten. Deine Brüder waren noch bei mir, sie waren ja noch kleine Jungen. Oh, wie lange habe ich nach Dir gesucht! Und, jetzt endlich, stehst Du vor mir und bist wunderschön. Und so eine bezaubernde kleine Tochter hast Du. Elisabeth ist ein ganz besonderes Kind, ein wunderbares Kind". „Ach, Mama, ja, so ist es mir auch ergangen. Ich bin in ein Kinderheim gebracht worden. Die Soldaten hatten mich gefunden, das haben mir die Schwestern erzählt, als ich erwachsen war und das Heim verlassen konnte. Sie hatten mich in das Heim gebracht, ich war wohl sehr schwach, aber ich habe überlebt. Ich konnte eine Schule besuchen und einen Beruf lernen. Das war gut so. Später habe ich dann meinen Mann kennen gelernt. Er ist ein sehr lieber Mann. Wir haben geheiratet und uns ein Kind gewünscht. Aber ich wusste immer, dass mir etwas fehlt, obwohl ich meinen Mann liebte fehlte mir etwas. Mir fehlte meine eigene Familie. Ich habe nicht gewusst, wo meine Wurzeln sind, woher ich komme, wer meine Eltern sind. Die Schwestern hatten mir gesagt, meine Eltern seien im Krieg gestorben, aber ich hatte immer das Gefühl, dass da noch irgendwo auf dieser Welt jemand ist. Das wusste ich immer. Nach einiger Zeit erfüllte sich unser großer Wunsch. Wir bekamen ein süßes, bezauberndes Baby. Unser Glück war perfekt. Mein Mann und ich liebten das Baby sehr. Ich konnte ihm nicht mehr in unserem Bäckerladen helfen, weil ich mich um die Kleine gekümmert hatte, es war eine wunderschöne Zeit mit unserer Kleinen. Sie war so süß. Sie war ein Geschenk. Eines Nachts wachte ich dann aus dem Schlaf auf. Ich wusste sofort, dass etwas nicht stimmt. Etwas, das nicht gut war, lag in der Luft. Das habe ich gefühlt. Unsere Kleine hatte noch nicht, wie sonst immer, in der Nacht geweint, weil sie Hunger hatte. Nein, sie war völlig ruhig gewesen. So bin ich dann schnell in ihr Zimmerchen gelaufen, um nach ihr zu sehen. Ich hatte Angst, vielleicht hatte ich auch einfach nur zu fest geschlafen und ihr Weinen nicht gehört. Es war so schrecklich, so furchtbar. Was ich da sah, in dem kleinen Zimmerchen, werde ich nie vergessen. Unsere süße Kleine, die mich immer so fröhlich angelächelt hatte, schien zu schlafen. Es war ein fester, sehr tiefer Schlaf. Ich wunderte mich, aber sie hörte mich nicht. Sie konnte mich nicht mehr hören, die kleinen Händchen waren schon kalt und ihr Gesichtchen war schon blau angelaufen. Unser süßer Schatz war gestorben, einfach so, im Schlaf gestorben. Die Ärzte sagten dann, das sei ein plötzlicher Kindstod gewesen. Mein Mann und ich waren so traurig, wie konnte unser Gott das tun? Zuerst machte er uns ein so wunderbares Kind zum Geschenk und dann hatte er es uns wieder genommen. Es war eine schwere Zeit für uns beide. Um mich von meinem großen Schmerz abzulenken, hatte ich wieder begonnen, in unserem Laden zu arbeiten. Ich konnte mit den Leuten reden, das tat mir zwar gut, aber meinen kleinen Schatz konnte ich nicht vergessen. Wir hatten sie doch so geliebt. Dann, eines Tages, tauchte plötzlich Elisabeth in unserem Laden auf. Zuerst dachte ich, ich sei übermüdet, als ich ihre zarte Stimme hörte. Aber dann sah ich sie, sie war so zauberhaft. Sie hat mir ihre ganze Geschichte erzählt, wie sie mit einer Sternschnuppe vom Himmel auf die Erde gekommen war, um mit den Menschenkindern zu spielen. Und wie sie jetzt Hunger hatte, wie leid es ihr getan hatte, dass sie vor lauter Hunger ein Brötchen aus dem Laden gestohlen hatte, sie weinte und weinte, die arme Kleine. Mir aber war sofort klar, wen ich da vor mir hatte. Unsere süße Kleine. Sie war wieder zu uns zurück gekehrt. Es war ein Wunder geschehen. Gott hatte uns zum zweiten Mal ein Kind geschenkt. Und sie ist so zauberhaft, sie ist für ihr Alter schon so klug, sie weiß schon so viele Dinge. Manchmal staune ich, woher sie all diese Dinge weiß. Sie ist ein Geschenk des Himmels". Mariechen,

Elisabeth und auch der große, weise, alte Vogel hatten ihr sehr aufmerksam zugehört. „Oh, Du glaubst gar nicht, welch eine Freude das für mich ist, mein Kind. Ich habe Dich wieder gefunden, das ist schon ein Wunder. Und jetzt habe ich tatsächlich noch ein Enkelkind, und dazu noch ein so bezauberndes Enkelkind. Ich kenne Elisabeth schon eine ganze Weile, sie ist ein sehr kluges Kind und sie hat ihr Herz auf dem rechten Fleck. Ja, sie ist ein gutes Kind, Du kannst stolz auf Deine kleine Tochter sein. Sie ist wirklich ein Geschenk des Himmels, nicht nur für Dich, auch für mich". So erzählte Mariechen nun ihrer Tochter, wie sie sich kennen gelernt hatten, sie erzählte von den vielen Reisen und Abenteuern, die sie gemeinsam erlebt hatten, nur um die Welt ein wenig zu verbessern. Ja, es gab sehr viel zu erzählen. „Elisabeth, Du hast jetzt auch eine Omi, das ist ein Wunder", sagte ihre Mutter, sie war einfach nur glücklich. Lange erzählten sie noch von alledem, was sie erlebt hatten. „Omi, kommst Du uns morgen wieder besuchen? Bringst Du mich dann auch in den Kindergarten"? Elisabeth war begeistert, jetzt hatte sie tatsächlich eine Omi. Dabei hatte sie doch nur fragen wollen, ob Mariechen ihre Omi sein dürfe und nun hatte sie sogar eine eigene Omi, genau wie all die anderen Kinder auch. Das war ein schöner Tag gewesen. Nun aber wies der große, weise, alte Vogel auf die Uhr. Sie mussten aufbrechen, auch ein schöner Tag ging einmal zu Ende, das war aber nicht so schlimm. Viele schöne Tage würden noch folgen, da war er sicher. „Mariechen, wir sollten gehen", meinte er vorsichtig, „es ist schon Abend geworden und die Kleine muss gleich zu Bett gehen". „Ja, stimmt, Du hast Recht", Mariechen verabschiedete sich mit vielen Umarmungen von ihrer neu zurück gewonnenen Familie. „Gleich morgen früh werde ich Dich abholen und Dich in den Kindergarten bringen. Das wird fein", noch ein Mal umarmte sie die kleine Elisabeth. So ging sie gemeinsam mit dem großen, weisen, alten Vogel nach Hause. „Ruh Dich ein wenig aus, Mariechen", schlug er vor. „Freu Dich auf morgen und auf all die anderen Tage, die wir nun gemeinsam mit Deiner kleinen Familie verbringen werden. Es wird eine schöne Zeit werden". Elisabeth war beim Abendessen immer noch sehr begeistert, sie wollte alles von ihrer Mami wissen. Sie fand es spannend, was ihre Mami alles so zu erzählen hatte, aus dem Kinderheim, wie sie die Schule besucht hatte, wie hatte das kleine, süße Baby ausgesehen, wie hatte die Mami denn den Papi kennen gelernt und und und. Die Kleine konnte gar nicht genug hören. Als sie dann später endlich in ihrem Bettchen lag, meinte sie: „Jetzt habe ich eine Mami, einen Papi, eine Omi und meine Mollie. Dafür will ich meinem Gott danken. Aber woher nur wusste der große, weise, alte Vogel, dass Mariechen Deine Mutter ist, Mami? Woher weiß er überhaupt so viel über die Welt und die Menschen? Er ist sehr klug. Wenn ich einmal groß bin, möchte ich auch so klug sein. Aber Mami, was werden wir nur machen, wenn meine schönen, bunten Seifen-Blasen alle sind? Können wir dann nicht mehr um die Welt reisen und sie verbessern"? Darauf hatte Elisabeths Mutter keine Antwort. „Mach Dir keine Sorgen, auch dann wird alles gut werden, davon bin ich überzeugt". Mariechen war glücklich, sie hatte ihre Tochter nach so vielen Jahren wieder gefunden. Daran hatte sie schon fast nicht mehr geglaubt. Eine stille Ruhe machte sich in ihr breit. Ja, sie war dankbar, dankbar dafür, dass sie dieses Wunder noch erleben hatte dürfen. Im Traum erschien ihr wieder einmal ihr lieber Mann. „Mein liebstes Mariechen, heute war ein schöner Tag. Du hast unser Kind wieder gefunden. Ich weiß, Du hast es immer gefühlt, dass sie irgendwo am Leben ist. Der große, weise, alte Vogel hat Euch wieder zusammen geführt. Er ist sehr weise und wird für immer über Euch wachen". Der große, weise, alte Vogel war heute ganz langsam und gemächlich zurück zu seinen Freunden, den Weisen im Himmel, zurück geflogen. Er war ein wenig traurig, bald würde ihre gemeinsame Zeit zu Ende sein. Sie hatten so viel miteinander erlebt, sie hatten so vielen Menschen geholfen, sie hatten es wirklich geschafft, die Welt ein wenig zu verbessern. Mariechen war von ihrer Tochter freundlich empfangen worden, die zwei, nein, die drei würden eine sehr schöne Zeit miteinander verbringen. Nur er allein wusste, dass diese Zeit bald enden würde. Aber bis dahin würden Mariechen, ihre Tochter und Elisabeth noch einige Abenteuer erleben. Sie würden noch etwas

Zeit haben, da war er sich sicher. Er hoffte nur, dass den dreien genügend Zeit bleiben würde. Das konnte er allerdings nicht beeinflussen, das entschieden nur die Weisen, die hoch oben über den Wolken im Himmel über alle Menschen wachten.

Eine große Reise für alle

Heute war für unsere drei Freunde ein ganz besonderer Tag. Mariechen wartete schon ungeduldig auf den großen, weisen, alten Vogel und auf Elisabeth. Ihre kleine Freundin, die ja ihre Enkelin war, würde heute ihre Mami mitbringen. Nun war ja alles anders, Mariechen fühlte sich so leicht wie nie zuvor. Sie war glücklich, endlich hatte sie ihre Tochter wieder gefunden. Und so ein entzückendes Enkelkind dazu bekommen. Ihren Schwiegersohn hatte sie noch nicht kennen gelernt, der war ja gestern Nachmittag noch bei der Arbeit gewesen. Aber heute würden sie gemeinsam Abendbrot essen, das war versprochen. Ja, sie war nun wirklich glücklich. Sie würden heute eine ganz besondere Reise machen, das hatten sie gestern beschlossen. Im gleichen Augenblick kam der große, weise, alte Vogel geflogen. Auch er schien sehr zufrieden zu sein, nachdem sie nun so viele gemeinsame Abenteuer zu dritt erlebt hatten, war nun fast alles gut geworden. Eine große Aufgabe hatte er noch zu erfüllen, aber die musste noch ein wenig warten. Zuerst mussten sie heute eine ganz besondere Reise machen, eine Reise, bei der auch Elisabeths Mami, Mariechens Tochter, mit fliegen würde. Es würde ein ganz besonderer Tag, eine ganz besondere Reise werden. Schon kamen die zwei über die Straße, sie strahlten, sie waren glücklich. „Mutter, hallo, wie geht es Dir heute? Geht es Dir auch gut? Ich habe schon alles vorbereitet, wir werden heute Abend gemeinsam essen, dann kannst Du auch endlich meinen Mann kennen lernen. Er ist ein ganz lieber Mann, er freut sich schon sehr darauf, Dich endlich kennen zu lernen. Hallo, großer Vogel, wie geht es Dir"? „Danke, es geht mir heute sehr gut. Ich freue mich, Euch so glücklich zu sehen. Wir wollen heute eine sehr große Reise machen". „Eine große Reise? Womit werden wir denn reisen"? Elisabeths Mami war nun doch etwas überrascht. Eine große Reise? Sie sah weit und breit kein Auto, kein Flugzeug oder auch nur irgendein Fahrzeug, mit dem sie reisen konnten. Der große, weise, alte Vogel gab Elisabeth ein Zeichen. Sie zog ihr Röhrchen mit den Seifen-Blasen aus der Tasche. Dann erzählte sie ihrer Mami stolz, dass sie in einer großen, bunten Seifen-Blase fliegen würden. „Was? So etwas gibt es doch gar nicht. Das kann ich mir nicht vorstellen". „Doch, Mami, schau! Ich puste in mein Röhrchen, dann entsteht eine magische Seifen-Blase, mit der wir um die Welt fliegen können. Das macht einen Riesen-Spaß. Wir müssen uns fest an den Händen halten und dann geht es los". „Nun denn", zögerte die Mutter noch ein wenig. Aber es gab kein Halten mehr, Elisabeth pustete in ihr Röhrchen, sie hielten sich alle drei fest an den Händen und schwebten dann tatsächlich gemeinsam los. Der große, weise, alte Vogel begleitete sie wie immer. Er gab die Richtung an. „Elisabeth, wir werden Deiner Mami heute alles zeigen, alles, was wir erlebt haben". Die Mutter schaute noch sehr verwundert aus der Seifen-Blase, unterdessen gab der große, weise, alte Vogel ihr schon ein Zeichen. Er deutete nach unten. „Schau, siehst Du hier unten die hübsche, kleine Stadt? Hier hat vor zu Beginn unserer Abenteuer alles unter Wasser gestanden. Es sah ganz schrecklich aus. Die Menschen hatten alles durch eine sehr große Flut verloren. Sie hatten keine Häuser mehr, sie hatten gar nichts mehr. Alles hatte die große Flut davon getragen. Deine kleine Elisabeth hat den Menschen hier den Mut und die Kraft gegeben, mit dem Aufbau zu beginnen. Sie hat mit ihrem reinen Herzen, ihrem ungetrübten Blick einen Löwenzahn entdeckt und ihn gesäubert. Zuerst taten es ihr die Kinder nach und dann haben auch die Erwachsenen mit den Arbeiten begonnen. Sie haben schnell verstanden, dass sie nur gemeinsam etwas schaffen können. Sie hatten ihre große, wichtige Prüfung vom Himmel bestanden". Ja, richtig hübsch sah es aus, von oben aus der Seifenblase. Weiter ging die Reise in der Seifen-Blase, es dauerte eine Weile, bis sie zu ihrer nächsten Station kamen. Hier hatten sie ja die Menschen, die vom Gift-Gas krank gemacht und sogar getötet worden waren, gerettet und mit ihrer bunten Seifen-Blase an einen sicheren Ort gebracht. All das erzählten sie Elisabeths Mutter, während sie hoch oben über den glücklichen Menschen schwebten. Einige hatten die bunte Seifen-Blase am Himmel entdeckt. Sie winkten ihnen glücklich zu und beteten wieder ihr melodisches Gebet für unsere vier Freunde. Es war schön, die vielen Menschen, die schon fast alle gestorben waren, so glücklich wieder zu sehen. Während sie weiter schwebten, erzählten sie Elisabeths Mutter von den Tieren, den vielen Tieren, die sie aus den Tierzucht-Betrieben und Versuchs-Laboren befreit hatten. Wie grausam die Menschen doch sein konnten, dachte sich Elisabeths Mutter. Schon schwebten sie über das Gebiet, in das sie all die armen, gequälten Tiere gebracht hatten. Dort konnten sie nun aus der Luft ein frohes Treiben sehen. Die Tiere muhten, miauten und bellten ihnen zu, sie lebten nun glücklich und frei, sie brauchten keine Angst vor den Menschen mehr haben. „Ach, wie schön. Was Ihr alles erlebt habt. Ihr habt die Welt doch etwas besser gemacht. Ich bin stolz auf Euch alle drei. Wie tapfer Ihr gewesen seid", Elisabeths Mutter war sehr beeindruckt, sie konnte gar nicht glauben, dass ihre süße Kleine all das erlebt haben sollte. Aber schon ging es weiter. Mariechen erzählte von ihrem Garten, wie sie der kleinen Elisabeth all die Pflanzen und Kräuter erklärt hatte, wie sie sich an den vielen Blüten und Gerüchen erfreut hatte. „Stimmt, plötzlich wollte Elisabeth einen Garten. Wir haben dann sehr viel Obst und Gemüse gepflanzt. Das hat uns einen großen Spaß gemacht, nicht wahr, Elisabeth"? „Ja, und erst mein Indianer-Zelt aus den riesigen Bohnen, das war toll. Da konnte ich mich drin verstecken. Und die Kürbisse, Mami, die haben doch lustig ausgesehen, als wir sie ausgehöhlt hatten, mit den Gesichtern und den Kerzen. Die Natur ist schon etwas Feines". Sie schwebten weiter, rund um die Erde herum. Während sie so friedlich in ihrer bunten Seifen-Blase flogen, erzählten sie dann davon, wie Elisabeth die besondere Kraft kennen gelernt hatte. Reiki, das war die besondere Kraft. „Ja, das habe ich auch kennen gelernt. Elisabeth hat mir davon erzählt. Ich konnte mir nicht erklären, woher sie das hatte. Reiki ist so etwas Besonderes, ich weiß, jeder trägt es in sich. Es ist wirklich eine besondere Kraft, schade, dass sie von so wenigen Menschen genutzt wird, um sich und anderen zu helfen". Sie sahen einen sehr großen, sehr bunten Regenbogen vor sich. „Wir kommen jetzt ins Regenbogenland", erklärte der große, weise, alte Vogel. Hier leben alle Tiere, die auf der Erde gestorben sind. Wir haben Elisabeth erklärt, dass sie mit den Tieren immer sorgsam umgehen muss. Alle Tiere haben eine Seele, wenn das Tier auf der Erde gestorben ist, reist seine Seele mit dem Regenbogen ins Regenbogenland". Sie sahen für einen Moment den Tieren zu, die fröhlich unter dem bunten Regenbogen miteinander spielten. Einige grasten zufrieden vor sich hin, andere hielten ein kleines Schläfchen, weil sie sich ausgetobt hatten. Ein richtig schöner Anblick, für eine kurze Weile hielten sie noch inne und schauten den glücklichen Tieren zu, dann ging die Reise schon wieder weiter. Sie schwebten über dem Krankenhaus, in dem Elisabeth und Mariechen ihre Freundin aus dem Kindergarten besucht hatten. Hier hatten sie einer alten, einsamen, sterbenskranken Frau die Familie und das Leben wieder geschenkt. „Oh, das habt Ihr aber schön gemacht. Wie mich das freut, Mariechen, Du bist die ganze Zeit so lieb zu meiner Elisabeth gewesen. Danke Dir". Kurz schwebten sie über dem Haus entlang, in dem die alte Frau jetzt gemeinsam mit ihrer Familie lebte. Sie saß gerade im Garten und winkte ihnen fröhlich zu. Ja, auch hier war alles gut geworden. Sie hatten es geschafft, eine ganze Familie wieder glücklich zu machen. Während sie sich noch von den ganzen Erlebnissen erzählten, waren sie schon sehr weit geschwebt. Sie sahen das Heilige Land, das Heilige Land, dass von seinen Bewohnern im Streit und Krieg um verschiedene Götter und Religionen zerstört worden war. Sie hatten sich seit Jahrzehnten bekriegt, weil sie dachten, nur ihre Religion sei die einzig Wahre. Elisabeth hatte sich ja hier dann mit ihrer Seifen-Blase vor die Panzer gerollt, nur so konnte sie verhindern, dass sich die Soldaten weiter mit ihren Gewehren beschossen. Mariechen würde nie vergessen, wie sie um ihre kleine Freundin gebangt hatte. Jetzt sah das Land sehr friedlich aus, die

Menschen hatten erkannt, dass jeder, der an einen Gott glaubt, der eine Religion hat, an das Leben glaubt. Das hatte ihnen erst ein kleines Mädchen zeigen müssen. Jetzt hatten die Menschen das Land wieder aufgebaut, es sah richtig friedlich aus. Ein Heiliges Land, so sollte es sein. Auch hier winkten ihnen einige der Menschen, die auf den Straßen spazieren gingen, zu. Sie hatten die Legende von der bunten Seifen-Blase nicht glauben können. Nun konnten sie die bunte Seifen-Blase mit eigenen Augen sehen. „Oh, wie gut, das Dir nichts zugestoßen ist, meine Kleine. Ich wäre ja nie wieder glücklich geworden ohne Dich. Ich habe Dich so lieb". Elisabeths Mutter hatte Tränen in den Augen, sie dachte an die Gefahren, in die ihre Kleine sich begeben hatte. Der große, weise, alte Vogel konnte sie aber beruhigen. „Wir waren immer bei ihr, wir haben immer über sie gewacht. Das wird immer so sein, mach Dir keine Sorgen". Wieder ging die Reise weiter. Sie waren sehr lange in ihrer Seifen-Blase geschwebt, bis sie ein wunderschönes Schloss sehen konnten. „Hier ist das Schloss der alten Menschen", erklärte der große, weise, alte Vogel. „Hier leben all die alten Menschen, die sich nicht mehr allein versorgen können. Die armen alten Menschen, die keine Familie haben, die für sie sorgen kann. Sie haben alle hier eine Familie gefunden, hier im Schloss der alten Menschen. Sie sind zu einer großen Familie geworden. Weil sie sich lieben und respektieren, haben wir ihr Haus in ein Schloss verwandelt. Das ist ein Geschenk, das so lange bestehen bleiben wird, wie sie sich als Familie fühlen". „Eine schöne Idee, ein schönes Geschenk", Elisabeths Mutter war sehr stolz auf ihre kleine, bezaubernde Tochter. Was sie alles mit ihrer Omi und dem großen Vogel geschafft hatte, unglaublich. „Jetzt geht die Reise weiter, weiter ins Weltall", rief der große, weise, alte Vogel. „Hier haben wir den Bewohnern des Planeten Eirene geholfen, sie haben den Menschen geholfen mit ihrem Wissen, als sie ein neues Zuhause, einen neuen Planeten suchten. Zum Dank haben wir ihren Planeten gerettet. Elisabeths Mutter sah einen bunten Planeten, der in eine riesengroße Seifen-Blase eingehüllt zu sein schien. „Das sieht ja hübsch aus, das habt ihr gut gemacht". Sie war begeistert. Woher kamen nur diese besonderen Seifen-Blasen? Schon schwebten sie über dem Land, in dem sie die Menschen vor dem schwersten Sturm aller Zeiten geschützt hatten. Auch hier gab es eine riesengroße Seifen-Blase zu sehen, die wie eine Kuppel über der kleinen Stadt lag. Die Menschen hatten ihre Hütten wieder aufbauen können, das Baumaterial aus der Natur war ihnen erhalten geblieben. Einige Bewohner sahen sie, oh, wie sie sich freuten, sie winkten ihnen fröhlich zu. Ja, bisher war es eine schöne Reise gewesen, aber sie ging ja noch weiter. Sie schwebten über eine riesengroße Wüsten-Landschaft. Hier hatten sie den vielen Menschen in ihren traurigen Zelten geholfen, als sie Regenwolken in ihrer Seifen-Blase gebracht hatten. Aus der traurigen Zeltstadt in der Wüste war eine große Stadt mit regen Treiben geworden. Es war schön anzusehen. „Hallo, Ihr da unten. Seht Ihr uns? Das ist meine Mami und das ist meine Omi", rief Elisabeth den Bewohnern fröhlich zu. Einige hatten sie bemerkt und winkten ihnen, sie fielen auf die Knie und sprachen ein Gebet für unsere Freunde. Ihnen hatten sie ihr Leben zu verdanken, das wussten sie. Und weiter ging die Reise, der große, weise, alte Vogel erzählte davon, wie sie Elisabeth mit den glücklichsten Menschen der Welt bekannt gemacht hatten. Den Menschen, denen das Augenlicht fehlte oder die ihre Körperteile nicht mehr bewegen konnten, weil sie einen Unfall gehabt hatten. Und von der glücklichen Frau, die den Krebs durch ihre Lebensfreude, ihren Glauben besiegt hatte. Natürlich erzählte er auch von den glücklichen Kindern, mit denen Elisabeth so fröhlich gespielt und getobt hatte. Während er all das erzählt hatte, schwebten sie schon über dem großen Meer, auf dem die Schiffe so klein aussahen, wie Spielzeugschiffe. Sie reisten in das ferne Land, in dem sie Johnny und all die anderen Häftlinge vor der schlimmsten aller Strafen, der Todesstrafe, gerettet hatten. Der Präsident hatte sein Wort gehalten, die Häftlinge bekamen jetzt Unterricht, sie bekamen im Gefängnis Arbeit, sie wurden von Pastoren und Psychologen besucht, die ihnen halfen, sich und ihre Verbrechen zu verstehen. Die schwere Last der Schuld mussten sie nicht mehr allein tragen. Das wichtigste aber war, dass hier kein Mensch mehr getötet werden musste. Es gab keine Todes-Strafe mehr. Der Präsident hatte diese unmenschliche Strafe abgeschafft. Auf dem Weg in das Land, in dem die heiligen Männer lebten, erzählten sie Elisabeths Mutter noch davon, wie sie dem armen Martin, der sein Leben wegwerfen wollte, seine Familie wieder geschenkt und ihm damit die Bedeutung des Lebens klar gemacht hatten. „Oh, das wusste ich alles nicht. Ich wusste nicht, wie traurig unsere Welt manchmal sein kann". Nun waren sie in dem Land angekommen, in dem Elisabeth den Segen des heiligen Mannes bekommen hatte. Sie schwebten kurz über dem Berg entlang, der heilige Mann winkte ihnen mit dem linken Arm zu, den rechten Arm hielt er ja schon seit über dreißig Jahren hoch. Er war ein wirklich heiliger weiser Mann, der von den Weisen im Himmel auf die Erde geschickt worden war, um die Menschen zu segnen und sie vor Unheil zu bewahren. Sein Segen würde Elisabeth bis ans Ende ihrer Tage begleiten, erklärte der große, weise, alte Vogel. „Niemals wird ihr etwas zustoßen, macht Euch keine Sorgen um die Kleine. Der Segen wird sie vor allem Bösen auf dieser Welt schützen". Nun hatten sie Elisabeths Mutter alles gezeigt, ihr von all den Abenteuern erzählt, die sie erlebt hatten. „Ihr habt die Welt wirklich besser gemacht, Ihr drei seid Helden. Lasst uns jetzt nach Hause fliegen, wir wollen gemeinsam essen und dem Papi von Euren Abenteuern, den vielen guten Taten erzählen". „Aber vorher müssen wir noch eine Aufgabe erfüllen, Elisabeth muss noch eine sehr große, eine riesengroße Seifen-Blase zaubern. Die brauchen wir, um damit die ganze Erde zu umhüllen. Die Erde bleibt so für immer geschützt". „Uiih, meinst Du, das schaffe ich? So eine große Seifen-Blase? Eine große Blase für die ganze Erde? Meinst Du wirklich, ich schaffe das"? „Ja, mein Kind. Du wirst das schaffen. Du bist ein ganz besonderes Kind, nur Du kannst es schaffen, die Welt zu retten". So pustete unsere Freundin in ihr Röhrchen und eine riesengroße bunte Seifen-Blase entstand. Sie schillerte in den schönsten Farben. Es dauerte nur ein ganz kleines Weilchen, da hatte die Blase schon die Erde umhüllt, so wie der große, weise, alte Vogel es gesagt hatte. Nun war alles gut, die Welt für alle Zeiten gerettet. Zu schön sah es aus, wie die Erde sich nun in der bunten Seifen-Blase drehte. Sogar unsere schöne Erde schillerte in den schönsten, bunten Farben. „So, jetzt wollen wir aber nach Hause fliegen", der große, weise, alte Vogel drängte ein wenig, die Reise war lang gewesen. Und schließlich sollte Mariechen doch noch Elisabeths Papi kennen lernen. Der große, weise, alte Vogel begleitete sie noch nach Hause, dann flog er zurück zu den Weisen im Himmel. Er wollte ihnen so gern erzählen, dass die Welt, unsere schöne Erde nun für immer gerettet sei. Das brauchte er gar nicht mehr, die Weisen waren so erleichtert, sie waren sehr zufrieden. Nun braucht der große, weise, alte Vogel nur noch seine letzte, seine schwerste Aufgabe auf der Erde erfüllen. Das musste morgen geschehen.

Mariechens große Reise in eine andere Welt

Ach, sie waren jetzt alle so glücklich. Sie hatten sich nach so vielen Jahren gefunden, es war ihnen gelungen, die Welt zu retten. Nun war alles gut geworden. Heute warteten sie alle vier, Elisabeth, ihre Mami, ihr Papi und Mariechen, auf den großen, weisen, alten Vogel. Er sollte an ihrem neuen Glück teilhaben. Er sollte auch für immer bei ihnen bleiben, das hatten sie gestern Abend noch beim Essen beschlossen. Sie hatten ihn so lieb gewonnen, er war so klug. Er sollte einfach bei ihnen bleiben, das wollten sie ihm nun gleich vorschlagen. Er würde einen schönen Platz im Garten bekommen, der Papi wollte ihm dort ein großes Vogelhaus bauen, sie würden immer für ihn sorgen. Das sollte ihr Dankeschön an ihn sein, er sollte genauso zur Familie gehören, wie Mariechen. Elisabeth liebte ihn so sehr, er war ihr ein guter treuer Freund geworden. Sie hatten so vieles miteinander erlebt. Schon kam er geflogen, er hatte gesehen, dass sie alle auf ihn warteten. Aber er hatte heute eine schwere Aufgabe, seine letzte Aufgabe hier auf der Erde zu erledigen. Das machte ihn ein wenig traurig, aber er wusste, es musste sein und heute war der Tag gekommen. Ein ganz besonderer Tag.

Mariechen fühlte sich ein wenig müde. Die vielen Reisen, die vielen Abenteuer, die sie in der letzten Zeit erlebt hatte, waren etwas viel gewesen. Und heute war auch noch ihr Geburtstag, sie war tatsächlich einhundert Jahre alt geworden. Ein ganzes Jahrhundert, oh, sie hatte so viel gesehen in ihrem langen Leben und es war nicht immer leicht gewesen. Jetzt wollte sie nach Hause, das fühlte sie. Sie hatte ihre Tochter gefunden, ein bezauberndes Enkelkindchen und einen lieben Schwiegersohn. Das Schicksal hatte es nun doch noch gut mit ihr gemeint und nun hatte sie zu ihrem hohen Geburtstag gleich eine ganze Familie geschenkt bekommen. So war sie glücklich und zufrieden, aber auch sehr müde. „Elisabeth, bitte zaubere uns heute noch eine Seifen-Blase", bat der große, weise, alte Vogel unsere kleine Freundin. Sie schaute in ihr Röhrchen, „oh, es ist fast leer. Ich habe gestern so viel davon gebraucht, als ich die große Seifen-Blase für die Erde gezaubert habe. Aber die sah ja auch so schön aus, nicht wahr"? „Ja, die war wirklich sehr schön und sie wird die Erde für immer schützen. Aber eine für eine Seifen-Blase wird es noch reichen, glaub mir". Er war heute so merkwürdig ruhig, der große, weise, alte Vogel, fand Elisabeth. „Ich versuche es", gab sie ihm zur Antwort. „Das ist gut, mein Kind. Aber bitte, nimm heute Deine Mami und Deinen Papi an die Hand und tritt nicht in die Blase". „Nanu, warum denn das? Wir fliegen doch immer zusammen? Das ist ja komisch". Sie wollte dem großen, weisen, alten Vogel aber auch nicht widersprechen, so tat sie, was er gesagt hatte. Sie pustete in ihr Röhrchen, zauberte eine Seifen-Blase, es hatte gerade noch für eine kleine Blase gereicht und jetzt staunten sie alle vier. Sie konnten nicht glauben, was sie da sahen. Aus dem großen, weisen, alten Vogel war ein alter Mann geworden, der da nun in der bunten Seifen-Blase saß. Mariechen aber stieß einen lauten Schrei aus. Das konnte doch nicht wahr sein! In der bunten Seifen-Blase saß ihr geliebter Mann. Ihr Mann, der schon als junger Mann im Krieg von feindlichen Soldaten erschossen worden war. Hier saß er nun vor ihnen, er war gealtert, genau wie Mariechen, aber sie hatte ihn sofort erkannt. „Mein allerliebstes Mariechen, erschrick nicht. Dein ganzes Leben lang habe ich über Dich gewacht. Ich habe Dir immer von oben, vom Himmel aus zu gesehen, bei allem, was Du getan hast. Du bist eine so liebe, gütige Frau, obwohl Dir so viel schweres Leid zugestoßen ist. Hast Du schon ein Mal von den Weisen, die im Himmel, hoch oben über den Wolken leben, gehört? Sie bestimmen über das Schicksal der Menschen, die hier auf der Erde leben. So konnte ich immer über Dich wachen. Ich war so stolz auf Dich, so gerne wäre ich bei Dir gewesen, um unsere Kinder groß zu ziehen, wie gerne hätte ich all das mit erlebt. Heute bin ich gekommen, um Dich mit zu mir zu nehmen. Es ist Zeit für Deine letzte große Reise. Eine Reise in die andere Welt. Deine Aufgaben hier auf der Erde sind erfüllt, Deine Familie ist wieder zusammen geführt, wir haben gemeinsam die Welt verbessert und es ist uns sogar gelungen, die Welt zu retten. Meine weisen Freunde im Himmel haben mich zu Dir geschickt, diese Aufgabe gemeinsam mit Dir und unserer kleinen Elisabeth zu erfüllen. Ich sehe, Du bist müde geworden. Müde von Deinem langen Leben hier auf der Erde. Komm, nimm meine Hand. Heute werden nur wir zwei reisen, reisen in die andere Welt. Es wird ganz leicht sein, hab keine Angst". Mariechen weinte, sie war nicht traurig, sie weinte vor Glück. Ihre Zeit war gekommen, das wusste sie. Sie umarmte noch einmal ganz fest ihre Lieben, die sie ja gerade erst gefunden hatte. Dann drehte sie sich um. Der alte Mann in der bunten Seifen-Blase streckte ihr seine Hand entgegen. Sie nahm die Hand und drückte sie ganz fest. Nun saßen sie beide in der bunten Seifen-Blase, in der sie ihre letzte große Reise gemeinsam antreten würden. „Nein, Omi, bleib bei mir", rief Elisabeth noch. Sie hatte schon begriffen, was gleich passieren würde. Die bunte Seifen-Blase hatte ein letztes Mal abgehoben, Mariechen und ihr Mann winkten den dreien noch fröhlich zu, bevor sie über den Wolken verschwunden waren. Sie schwebten mit der Seifen-Blase gemächlich voran. Jetzt hatten sie es nicht mehr eilig. Sie hatten ihr Leben gelebt, sie hatten sich im Tod wieder gefunden, ja, sie waren glücklich, wenn sie schon ihr Leben auf der Erde nicht hatten teilen können, so fanden sie sich jetzt im Tod wieder. Sie würden in einer anderen Welt gemeinsam leben, nun konnten sie bis in alle

Ewigkeit zusammen sein. Kein Soldat, kein Krieg dieser Welt würde sie wieder trennen. Elisabeth und ihre Eltern hatten noch lange bei der Bank gestanden und der bunten Seifen-Blase, die ihnen besonders bunt erschien, nachgesehen. Solange, bis sie endlich hinter den Wolken verschwunden war. Sie weinten. „Ich werde meine Omi vermissen", weinte Elisabeth. „Ich hatte sie doch gerade erst gefunden und jetzt ist sie schon wieder weg". Sie konnte gar nicht aufhören zu weinen. Ihre Mutter hatte sie in den Arm genommen. Auch ihr fehlten die Worte, um die Kleine zu trösten. Gestern erst hatte sie ihre Mutter in die Arme genommen, sie hatten eine große, eine sehr besondere Reise gemacht und nun war auch schon wieder alles vorbei. „Mariechen war doch immer so lieb zu mir und der Vogel erst, der war so klug. Er hat jedes Mal gut auf mich aufgepasst, als wir auf Reisen waren". So gingen sie traurig ins Haus zurück, das ihnen nun auf ein Mal besonders leer erschien. Sie weinten noch sehr lange, sie vermissten Mariechen ja jetzt schon, als plötzlich viele kleine bunte Seifen-Blasen vor dem Küchenfenster tanzten. Was war denn das jetzt? Hatten Mariechen und ihr Mann die etwa geschickt? Immer mehr kleine bunte Seifen-Blasen tanzten vor dem Fenster. Nun hörten sie alle eine Stimme, eine Stimme, die ihnen sehr vertraut war. „Elisabeth, weine nicht. Und Du, meine liebe Tochter, weine nicht. Seid nicht traurig. Schaut, ich habe Euch ganz viele kleine Seifen-Blasen geschickt. Versucht nicht, sie einzufangen. Sie werden zerplatzen. Schaut ihnen einfach zu und denkt dabei an mich. Es geht mir gut, ich bin auf der Erde sehr alt geworden, ich hatte ein langes Leben auf der Erde. Aber mein Körper ist müde geworden, nach so vielen langen Jahren. Und ich bin jetzt so glücklich, ich kann bei meinem lieben Mann sein, das ist das Glück, das mir in meinem Leben auf der Erde nicht vergönnt war. Er ist einer der Weisen im Himmel hier. Seine Aufgabe ist es gewesen, uns zusammen zu führen und mit uns gemeinsam die Welt zu retten. Erst nachdem wir alle Aufgaben erfüllt hatten, durfte ich die Erde verlassen und zu ihm kommen. Es war so wichtig, die Erde zu retten, den Menschen zu helfen. Nur so kann diese schöne Welt weiter bestehen. Ich habe Euch für immer lieb".

Es regnete tausende von kleinen, bunten Seifen-Blasen vom Himmel. Elisabeth und ihre Eltern wussten nun, dass alles gut war. Ihr geliebtes Mariechen war im Himmel, in einer anderen Welt. Sie würden hier auf dieser wunderschönen Erde bleiben, bis auch sie so alt sein würden, diese große, letzte Reise anzutreten…

Mein ganz lieber Dank gilt meinem Mann, für seine unendliche Geduld mit mir, wenn ich mich gerade mal wieder in einer „anderen Welt" befinde.

Ebenso danke ich ganz herzlich Horst Drosten für die wunderschöne Cover-Gestaltung.

Wenn Sie Lust auf mehr bekommen haben, lesen Sie auch:

Das Wort mit "W"

ISBN-Nr.: 978-3-7322-4817-9 (BoD)